Elizabeth Borton de Treviño
Der Freund des Malers

Meiner lieben Freundin
Virginia Rice

Elizabeth Borton de Treviño

Der Freund des Malers

Roman

Aus dem amerikanischen Englisch von

Klaus Weimann

BELTZ
& Gelberg

Elizabeth Borton de Treviño, geboren in Bakersfield, Kanada, studierte Geschichte, anschließend Musik und machte sich bald schon als Journalistin einen Namen. Sie veröffentlichte darüber hinaus zahlreiche Romane, Kurzgeschichten und Sachbücher sowohl für Kinder und Jugendliche als auch für Erwachsene. *Der Freund des Malers* wurde mit der Newbery Medal ausgezeichnet, in verschiedene europäische und außereuropäische Sprachen übersetzt und ist als Hollywood-Verfilmung geplant.

Programm Beltz & Gelberg, Weinheim

Die Originalausgabe erschien unter dem Titel
I, Juan de Pareja bei Farrar, Straus & Giroux, Inc.

Umschlag Dorothea Göbel
Lektorat Regine Teufel
Gesamtherstellung Druckhaus Beltz, 69469 Hemsbach
Printed in Germany
ISBN 3 407 79825 3
1 2 3 4 5 6   2006 2005 2004 2003 2002 2001

Inhalt

Vorwort

Die erste Hälfte des siebzehnten Jahrhunderts erstrahlte mit Namen, die noch heute Glanz haben und mit Kunst und Wissenschaft, Mut und Ruhm in Verbindung gebracht werden. Es war das Zeitalter des reifen Shakespeare, die Zeit Richelieus, Sir Walter Raleighs und des *Don Quijote* von Cervantes. Es war die Epoche von Descartes und Spinoza, die der ersten Zaren aus dem Hause Romanow und von St. Vincent de Paul. Rembrandt, Rubens und Van Dyke malten in den Niederlanden. Galileo, Newton und Harvey trugen wissenschaftliche Erkenntnisse zusammen, die unsere Vorstellungen von der materiellen Welt in neue Bahnen lenken sollten. Corneille, Racine und Molière schrieben in Frankreich. Ludwig XIV. würde dort den Thron besteigen. In Spanien war Diego Rodríguez de Silva y Velázquez Hofmaler. Er hatte einen schwarzen Sklaven, Juan de Pareja, der ihm die Pinsel reichte und die Farben rieb.

Dieses Europa, in dem neue Ideen gärten und Macht und Kunst in Blüte standen, bildet den Hintergrund zu der Geschichte eines einfachen Sklaven, die ich hier erzählen möchte.

Die Sklaverei war in Spanien seit der Ankunft der maurischen Eroberer alltäglich gewesen, denn die Araber hatten schon immer mit Afrikanern gehandelt. Dem Europa jener Tage war die Vorstellung, dass Sklaverei ein Unrecht sei, anscheinend fremd. Ihren Ursprung hatte die Sklaverei in Griechenland, dessen demokratische Ideale auf dem Fundament von Sklavenarbeit ruhten. Sogar die Juden des alten Israel, die unser Gewissen weckten, hielten sich Sklaven. Noch heute gibt es leider viele Länder, in denen Sklaven gekauft und verkauft werden. Im Allgemeinen jedoch lehnen wir heutzutage dieses große Übel ab und bestehen auf der Würde und Freiheit aller Menschen – selbst wenn wir vielleicht nur unbeholfen versuchen, diese Ideale umzusetzen.

Meine Geschichte handelt von Juan de Pareja und seinem Herrn Velázquez.

Erstes Kapitel,
in dem ich Lesen und Schreiben lerne

Ich, Juan de Pareja, wurde zu Beginn des siebzehnten Jahrhunderts als Sklave geboren. In welchem Jahr genau, weiß ich nicht. Meine Mutter hieß Zulema und war eine sehr schöne schwarze Frau, und obwohl sie mir nie verraten hat, wer mein Vater war, vermute ich, dass er Aufseher über eines der Lagerhäuser unseres Herrn war, ein weißer Spanier, der es sich nicht leisten konnte, meine Mutter zu kaufen. Aber ich weiß, dass er ihr einen goldenen Armreif und goldene Ringe als Ohrschmuck schenkte.

Sie starb, als ich ungefähr fünf Jahre alt war. Mir wurde nur gesagt, dass sie in den Himmel geflogen sei. Ich habe mich immer gefragt, was mit ihr geschehen war. Vielleicht wäre mein Leben anders verlaufen, wenn sie am Leben geblieben wäre. Wahrscheinlich ist sie am Fieber oder einer anderen Krankheit gestorben. Sevilla, wo wir lebten, war selten ohne Angst vor der Pest, weil so viele Schiffe aus fremden Häfen den Guadalquivir heraufsegelten, um an unseren Kais festzumachen. Und jeder, der an einer geheimnisvollen Krankheit gestorben war, wurde hastig beerdigt – mit Zittern und Zagen und in der Hoffnung, dass er uns nicht die Pest eingeschleppt hatte.

Ich habe meine Mutter schrecklich vermisst, denn sie

hatte mich immer in ihren Armen in den Schlaf gewiegt, selbst als ich schon ein großes Kind war. Und sie hatte mit ihrer tiefen, warmen Altstimme leise für mich gesungen. Selbst jetzt, als alter Mann und nach allem, was ich durchgemacht habe, kann ich noch immer die Augen schließen und ihre Stimme hören. Sie summt die Lieder, die ich liebte, und ich fühle ihre Arme um mich, warm bis auf den Druck ihres goldenen Armreifs, und ich genieße für einen flüchtigen Augenblick dieses Gefühl von Geborgenheit und Liebe, mit dem sie mich umgab.

Sie war ein sanftes Geschöpf und überhäufte mich mit kleinen Zärtlichkeiten und Zeichen der Zuneigung. Wenn sie am frühen Morgen im Licht eines nach Osten weisenden Fensters saß und an den Kleidern der Herrin nähte, stach sie vorsichtig mit ihrer Nadel in die Stoffe aus Samt und Seide und glättete das Material mit ihren schlanken, empfindsamen dunklen Fingern. Blickte sie auf zu mir, so lächelte sie, und die Liebe in ihrem zärtlichen Blick war wie eine Berührung.

Ach, Mutter! Ich habe jetzt einige Erfahrung mit der Malerei, ich habe sie über die Jahre mühsam erworben: Was für eine Herausforderung wärest du für einen Maler gewesen! Welches Entzücken und welche Mühsal brächte der Versuch, den zart apfelgrün leuchtenden Taft und den granatfarbenen Samt im Kleid der Herrin zu treffen, das Rosa und das Gold des Turbans, das sich in deinen Ohrringen wiederfand, und den schönen dunklen Schimmer deiner runden Wangen und deines schlanken Halses – wie von einer reifen purpurnen Traube. Und wie sollte man deine lieblichen Hände malen, die wie zwei dunkle Vögel über die Seidenstoffe flatterten?

Nach dem Tod meiner Mutter nahm mich die Herrin als Pagen zu sich. Sie kleidete mich in einen feinen Anzug aus glänzend blauer Seide und setzte mir einen Turban in Orange und Silber auf den Kopf. Sie gab mir auch die Ohrringe meiner Mutter. Den Armreif allerdings behielt sie und trug ihn selbst. Sie durchstach mir persönlich das Ohrläppchen, zog einen Faden durch das Loch und bewegte ihn jeden Tag ein Stückchen hin und her, bis die Wunde abgeheilt war. Dann hängte sie mir einen der Ringe ins Ohr.

»Es reinigt das Blut, wenn man einen Ohrring trägt«, sagte sie mir. »Da! Den anderen bewahre ich für dich auf, falls du diesen verlierst.«

Die Herrin war gut zu mir, aber launisch. Oft war sie auch vergesslich, denn sie betete den Herrn an, und da er dauernd kränkelte, war sie in ständiger Sorge. Sie selbst war eine de Silva portugiesischer Herkunft aus der Stadt Porto. Es war meine Aufgabe, ihr zu folgen, wenn sie ausging, um einzukaufen oder sich mit ihren Freundinnen zu treffen. Ich musste dann ihr Täschchen tragen, ihren Fächer, ihr Messbuch, ihren Rosenkranz in seinem kleinen perlenbesetzten Kästchen. Sie nannte mich Juanico. »Juanico, meinen Fächer! Nein, gib ihn mir nicht, fächle mir damit zu! Ich ersticke bei der Hitze. Nein, nein, nicht so fest, du bringst noch mein Haar durcheinander!«

Bald lernte ich – mit dem Fatalismus von Sklavenkindern – nicht überrascht zu sein, wenn sie mir mit dem geschlossenen Fächer einen Hieb versetzte – einen scharfen Schlag, dass mir der Schmerz durch die Hand zuckte und Tränen unter den Augenlidern brannten. Genauso plötzlich konnte sie sich herumdrehen, mir den Turban gerade rücken und zärtlich in die Wange zwicken. Ich gehörte zur gleichen Kategorie wie ihr gelbbraun-weißes Hündchen Toto, das sie abwechselnd knuffte und knuddelte.

Und doch war ich der Herrin voll ergeben. Wenn ich krank war, wachte sie bei mir und stand in der Nacht auf, um mir Fleischbrühe zu bringen. Sie sorgte dafür, dass ich sauberes Wasser zum Waschen hatte, und sie gab mir jedes Mal ein Stück von ihrer eigenen Seife, wenn sie die langen weißen Riegel für ihr Bad kommen ließ. Sie gab mir gut zu essen und sah zu, dass ich Geld hatte, um auf der Straße Süßigkeiten zu kaufen. Manchmal ließ sie mich auch herumziehenden Schauspielern zuschauen oder zum Jahrmarkt gehen.

Für eines werde ich ihr immer dankbar sein – sie brachte mir Lesen und Schreiben bei. Jetzt ist mir bewusst, dass meine Herrin wie viele Frauen ihrer Klasse sehr wenig Bildung besaß. Sie las langsam und mühselig und brauchte immer mehrere tränenreiche Nachmittage, bis sie einen Brief an ihre Familie in Portugal verfasst hatte oder an ihren Neffen in Madrid, einen jungen Maler. Aber sie besaß eine Menge Lebensweisheit und verstand vieles, weil sie ihrem eigenen Urteil traute und ihr Gedächtnis trainierte.

An einem heißen Nachmittag im September rief sie mich

in ihr Schlafzimmer. Ausnahmsweise gab sie mir keine Reihe von Besorgungen und Aufträgen, die ich ausführen sollte. Sie trug ein luftiges, kühles Kleid, denn obwohl sie die Vorhänge zugezogen hatte, um die Sonne auszuschließen und die Farben ihres maurischen Teppichs zu schonen, war es warm im Zimmer und ihre Stirn feucht. Sie fächelte sich Luft zu und keuchte ein wenig.

»Stell dich da drüben hin, Juanico«, sagte sie. »Ich will dich genau anschauen.« Sie warf mir einen langen, festen Blick zu. Dann nickte sie. »Ja«, sagte sie zu sich selbst. »Ja, ich glaube, er ist intelligent genug. Jawohl.«

Dann sprach sie mit mir, während sie sich den Hals mit einem weißen Baumwolltuch abwischte.

»Ich will dir das Alphabet beibringen«, sagte sie. »Wenn du aufpasst und fleißig übst, wirst du eine schöne Handschrift lernen. Dann kannst du meine Briefe für mich schreiben und später vielleicht dem Herrn im Lagerhaus helfen. Ich werde es so einrichten, dass dich nachmittags niemand stört, wenn ich meine Siesta halte. Während der Zeit sollst du üben.«

Ich war noch recht klein zu der Zeit, vielleicht neun, und ich war nicht gerade glücklich bei der Vorstellung, etwas lernen zu sollen, was der Herrin anscheinend solche Qualen bereitete, wenn sie sich hinsetzte, um einen Brief zu schreiben. Aber ich wusste, wie heftig, wie wankelmütig sie war. So antwortete ich nur: »Ja, Herrin.« Ich war sicher, dass sie das Ganze wieder vergessen würde.

Aber das tat sie nicht. In der Nacht gab es ein Gewitter

und strömenden Regen, der die Stadt erfrischte und allen Staub wegwusch. Der nächste Morgen brach dann mit frischem, klarem Wetter an, wie sie es liebte, um spazieren zu gehen und ihre feinen Kleider vorzuführen, angefertigt aus den reichen Stoffen, die ihr Mann aus der Türkei und Persien kommen ließ.

Der Tag begann wie gewöhnlich. Als sie mich rief, trug sie ein pflaumenfarbenes Kleid, goldene Halsketten und ihre schwarze Spitzenmantilla. Feierlich begaben wir uns zur Messe. Ich ging immer einen Schritt hinter ihr und trug ihr Kästchen mit Süßigkeiten, ihren Rosenkranz und eine kleine Gerte mit Federbüscheln, um damit räudige Hunde oder dreckige Straßenjungen zu verscheuchen, die zu nahe zu kommen drohten.

Die Messe wurde in der großen Kathedrale gehalten mit ihren aufstrebenden Bögen, den mächtigen Pfeilern, dem funkelnden Gold auf Altären und Bilderrahmen, dem milden Kerzenschein im duftgeschwängerten Dämmerlicht. Wie immer genoss ich all dies. Ich liebte den melodischen Gesang der Priester, ihre schönen Gewänder, den herrlichen Augenblick der Wandlung, wenn die Hostie erhoben wurde. Oft musste die Herrin mir in der Kirche einen Schlag mit dem Fächer geben, wenn ich sie ganz vergessen hatte, ihre Süßigkeiten und ihren Rosenkranz, einfach alles, während ich meine Seele aufsteigen und in dem goldenen Licht baden ließ, das von Gott herabzuströmen schien.

Ich hoffte, dass die Herrin nach der Messe zum Haus einer Freundin gehen würde, die manchmal dieses fremdartige amerikanische Getränk für uns bereitete, schäumende Schokolade, die sie heiß in winzigen Tassen servierte. Die Herrin erlaubte mir immer, die letzten Schlückchen aus ihrer zu trinken. Es schmeckte köstlich und ich bemühte mich, den süßen Geschmack minutenlang auf der Zunge zu bewahren. Aber an diesem Tag nahm die Herrin den kürzesten Weg nach Hause und rauschte fast eilig vor mir her. Sie ging sofort in ihr Zimmer und ließ eine der Dienerinnen – ein Mädchen vom Lande mit plumpen Handgelenken und Knöcheln, das den Lohn sparte, um zu heiraten – ihre scharfe Zunge fühlen, weil sie das Bett noch nicht gemacht und das Zimmer noch nicht gelüftet hatte.

»Mach dich an die Arbeit und schau, dass du alles in zehn Minuten in Ordnung hast«, befahl die Herrin, »denn ich möchte an meinem Sekretär arbeiten und kann es nicht ausstehen, wenn ich ein zerwühltes Bett sehen muss.«

Sie legte ihren Schleier und den Rosenkranz weg und krempelte die Ärmel über den Handgelenken hoch. Dann machte sie Tintenfass und Federkiel fertig. Ich sah, dass sie ihre Drohung, mir das Schreiben beizubringen, nicht vergessen hatte.

Wir fingen sofort mit dem A an und kamen an diesem Morgen über B und C bis zum D. Ich erfuhr von der Herrin, für welchen Laut jeder Buchstabe steht. Zu meiner Freude wurde mir blitzartig klar, dass ich mit dem Schreiben gleichzeitig das Lesen lernen würde. Daher machte ich mich später, als die Herrin ihren Mittagsschlaf hielt, an die Arbeit und übte fleißig. Der Herr besaß nämlich eine Bibliothek mit vielen ledergebundenen Büchern und er verbrachte manche Stunde darin, ganz verzaubert, las geräuschvoll, lachte in sich hinein und kommentierte laut die Ereignisse zwischen den Buchdeckeln. Ich wollte unbedingt erfahren, was ihm die Bücher zu sagen hatten, was ihm so viel Spaß machte.

Der Herr war dunkel und schlank, seine Haut war von vielen Fieberanfällen gelb geworden. Dauernd kränkelte er. Er besaß Lagerhäuser und Kontore unten bei den Kais. Dort ging er früh am Morgen hin. Er verabscheute es, zu frühstücken. »Meine Leber arbeitet nicht, bevor ich nicht einen strammen Spaziergang gemacht habe«, sagte er der Herrin immer, wenn sie ihn in einer ihrer gebieterischen Stimmungen aufforderte zu frühstücken. Sie aß für ihr Leben gern und immer wieder bestand sie darauf, dass er ein weich gekochtes Ei, ein Stückchen Fisch in Wein gedünstet oder sonst eine Kleinigkeit zu sich nahm. Gewöhnlich kam der Herr gegen drei am Nachmittag nach Hause, um seine bescheidene Mahlzeit einzunehmen. Dann litt die Herrin unter enttäuschter Liebe, denn er weigerte sich, die köstlichen Speisen zu versuchen, die sie selbst für ihn zubereitet hatte, sondern wollte nur gekochtes Gemüse und eine knusprige Brotkante.

»Aber du isst wie ein Mönch!«, warf sie ihm immer wieder vor, obwohl er ihr meist nicht antwortete, sondern nur lächelte und ihr besänftigend die Hand tätschelte. Nach einer Ruhepause ging er dann stets in seine Bibliothek, wo er ganz allein so glückliche Stunden verbrachte.

Ich hatte ihn immer beneidet wegen seiner Bücher. Deshalb gab ich mir jetzt große Mühe mit dem Schreiben. Und ausnahmsweise zeigte auch die Herrin Ausdauer und Beständigkeit. Egal was sonst geplant war, täglich kontrollierte sie mein Blatt Bütten oder Papier aus Damaskus und gab mir neue Buchstaben zu malen. Als ich anfing, sie schöner zu machen als sie selbst, war sie zunächst ärgerlich. Bald kam ihr jedoch ihre Vernunft zu Hilfe und sie rief: »Siehst du, ich hab's gewusst! Juanico, ich sage dir, du wirst eine schöne Handschrift haben, für die sich niemand zu schämen bräuchte. Deine Buchstaben sind rund und deutlich und du gibst ihnen wunderschöne Schwänzchen! Das macht dir Spaß, nicht wahr?«

Ich senkte den Kopf, damit sie nicht sehen konnte, wie sehr es mir gefiel. Denn sie war launisch, und wenn sie glaubte, dass ich lieber schreiben als sonst etwas tun wollte, dann würde sie mich vielleicht für eine Weile etwas anderes machen lassen, nur um mir Demut beizubringen.

So verging die Zeit. Schließlich kam es so weit, dass ich all ihre Briefe schrieb. Besonders wenn der Herr krank und sie viel mit ihm beschäftigt war, ihn badete und ihn auf jede nur mögliche Weise umsorgte, befahl sie mir oft, mich mit Feder und Papier hinzusetzen, während sie unaufmerksam diktierte und dabei das Wasser der Schnittblumen wechselte, das Krankenzimmer lüftete oder die Medizin für den Herrn abmaß. »Schreib an meine Schwester in Porto, Juanico – du kennst die Adresse – und berichte ihr, dass es uns in etwa genau so geht wie beim letzten Mal. Mein geliebter

Mann isst fast nichts, nicht einmal Fleischbrühe kann er bei sich behalten, und er hat fürchterliche Schmerzen.« Sie wischte die Tränen mit dem Handrücken weg und fuhr fort: »Bitte sie, mir zwei Schläuche des allerbesten Portweins zu schicken. Und auch etwas von dem Kraut, das wir immer als Tee zu uns genommen haben, wenn wir uns als Kinder den Magen verdorben hatten … sie wird sich an den Namen erinnern. Bitte sie, dass sie mir den Wein und den Tee mit dem allerersten Boten schickt, den ich belohnen will, wenn er kommt. Und grüße sie von mir und schreibe zum Schluss all die Dinge, die ich immer in meinen Briefen sage. Mach diesen Brief gleich fertig und bringe ihn mir noch heute.«

Manchmal machte ich kleine Zeichnungen auf die Ränder der Briefe, um etwas zu verdeutlichen. Vielleicht ein Stück Spitze von einem Taschentuch oder einen kleinen Vogel, eine Orange oder Toto, das Hündchen der Herrin. Sie amüsierte sich darüber und schimpfte mich deswegen nicht aus.

Der Herr wurde immer kränker. Schließlich konnte er das Bett nicht mehr verlassen und im ganzen Haus herrschte Trauer. Ich erinnere mich noch an den Brief, den mich die Herrin an ihren Neffen in Madrid schreiben ließ, als der Herr gestorben war:

Mein lieber Diego,

ich muss dir eine sehr traurige Mitteilung machen. Du weißt, wie sehr dein Onkel Basilio dich immer geliebt hat.

Nun wird er dich nie mehr in die Arme schließen können. Er hatte solche Schmerzen in den letzen Monaten, dass ich nicht weinen darf, denn es war Gottes Barmherzigkeit, die ihm Frieden gegeben hat, und ich muss Ihm dafür dankbar sein. Aber ich lebe nun in Einsamkeit und in Finsternis, denn mein lieber Gefährte ist nicht mehr an meiner Seite. Er war viel älter als ich und er hat mich verwöhnt, aber ich habe ihn dafür sehr geliebt. Ay de mí. *Ich hoffe, nach Madrid reisen zu können, da du mich so oft eingeladen hast, aber ich will das erste Trauerjahr hier in Sevilla verbringen. Dein Onkel hat einen kleinen Orangenbaum in einen Topf gepflanzt, eine neue Sorte, sehr süß und saftig. Ich werde ihn mitbringen als ein Geschenk von ihm, wenn ich komme.*
Deine dich liebende Tante Emilia.

Durch diesen Brief wusste ich, dass wir in einem Jahr in Madrid sein würden, und ich fing an, viel über Don Diego, den Neffen, nachzudenken. Gelegentlichen Bemerkungen konnte ich entnehmen, dass er ein sehr begabter Maler war, aber schweigsam, streng und wunderlich. Ich dachte mir, es müsste herrlich sein, ihm bei der Arbeit zuzuschauen, und ich hoffte, dass ich Gelegenheit dazu haben würde, wenn ich nicht mit meinen Aufgaben für die Herrin beschäftigt wäre.

Ich wusste, dass Don Diego ein Schüler von Pacheco war und die Tochter dieses großen Malers geheiratet hatte. Ich hatte die vage Absicht, mich eines Tages unter irgendeinem Vorwand in Pachecos Atelier zu stehlen, denn er arbeitete noch in Sevilla und hatte viele Schüler. Wie gerne wollte ich die Werkstatt eines Malers besuchen, ihn beobachten, wie er die Farben auftrug, und zusehen, wie nach und nach auf der leeren weißen Leinwand die inneren Bilder erschienen, die sein geschultes Auge sah!

Aber die Herrin hielt mich zu Hause fest. Sie ging jetzt nicht mehr aus, es sei denn zur Messe. Sie war reizbar und nahm ab vom Fasten und Weinen, und manchmal gelang es mir kaum, ihr ein schwaches Lächeln auf die Lippen zu bringen. Toto und ich versuchten unser Bestes, um sie abzulenken. Sie war auch viel beschäftigt und ging die Abrechnungen im Lagerhaus durch, obwohl ihr die langen Zahlenkolonnen Kopfschmerzen bereiteten.

An einem Sommertag gelang es mir jedoch, in die Nähe von Pachecos Haus zu kommen. Es wurde ein trauriger Tag, den ich nie vergessen werde; er sollte mir viel Kummer und Leid bringen. Aber das wusste ich nicht, als ich, bevor noch die Sonne hochgestiegen war, in den frischen frühen Morgen hinaussprang, um beim Bäcker frisches Brot zu holen. Ich beeilte mich und machte einen Umweg, weil ich hoffte, dass ich im Vorbeigehen einen Blick auf den Maler bei der Arbeit in seinem Hof erhaschen könnte. Es war nämlich die Stunde, zu der die Mägde die Türstufen wuschen und eimerweise Wasser auf die Straßen schütteten, um den Staub zu binden, und die große *zaguán* stand weit offen.

Als ich näher kam, sah ich, dass sich ein Trauerzug formierte. Pferde, behangen mit schwarzen Netzen, warteten und schüttelten die schwarzen Federn auf ihren Köpfen. Gerade wurde ein Sarg aus Pachecos Haus getragen. Ich fragte ein paar Jungen in der Nähe und erfuhr, dass die jüngste Tochter des Malers in der Nacht gestorben war und dass man sie nun zur Kirche brachte, damit sie der letzten Messe vor ihrer Beerdigung beiwohnen konnte.

»In der Stadt herrscht die Pest«, sagten sie mir und bekreuzigten sich. »Überall gibt es Beerdigungen. Die Pest ist mit einer Bootsladung Sklaven und Elfenbein aus Afrika eingeschleppt worden. Hör nur! Die Totenglocken läuten!«

Ich lauschte dem feierlichen Klagelied vieler Kirchenglocken. In meiner Eile hatte ich sie nicht gehört, denn der Klang von Kirchenglocken drang ständig an unsere Ohren, so dass ich sie nicht mehr bewusst wahrnahm.

Voller Furcht rannte ich weg zum Backhaus. Aber dort waren die Türen verriegelt und verschlossen, und das Zeichen eines großen Kreuzes glänzte mit noch feuchter Farbe im morgendlichen Sonnenlicht und verriet mir, dass drinnen jemand an der Pest litt und im Sterben lag.

Darauf eilte ich nach Hause, atemlos vor Angst, dass ich unsere eigene Tür verschlossen und darauf, mit hastigen Strichen gemalt, den schrecklichen Hinweis finden könnte. Diese Vorstellung war wohl eine Vorahnung. Wie man es auch nennt, ich habe oft solche blitzartigen Ankündigungen vor den Ereignissen selbst gehabt. Am nächsten Tag war ich es, der unter Tränen das Kreuz auf unsere *zaguán* malte. Noch vor dem Abend wurde die Herrin zur Beerdigung vorbereitet.

Als sie unter dem traurigen Klang der Glocken weggebracht wurde, konnte ich nicht mitgehen, denn ich war selbst ganz plötzlich krank geworden und ohne klares Bewusstsein. Ich lag auf meine Pritsche hingestreckt, träumte von Wasser und glühte vor Fieber. Ich litt unter fürchterlichen Halluzinationen und Schreckensbildern, war vom Schweiß durchnässt, musste furchtbar würgen und speien. Ich habe keine Ahnung, wie viele Tage und Nächte ich so an der Schwelle zum Tode lag.

Als ich schließlich wieder zur Besinnung kam, aufstand und mich geschwächt auf die Suche nach etwas zu essen machte, stellte ich fest, dass keine Diener mehr da waren und dass überall Staub lag und Stille herrschte. Man hatte mich allein zurückgelassen.

Ich trank Wasser aus einem halb gefüllten hölzernen Eimer. Im Hof gab es einige wenige Orangen auf den Bäumen. Ich war zu schwach, um zu den besten hochzuklettern, aber ich aß eine, die herabgefallen war, so überreif sie auch war. Ich hatte mörderischen Hunger.

Danach schlief ich wieder, tief und traumlos. Ein heftiges Klopfen an unserem vorderen Tor weckte mich schließlich. Obwohl ich noch schwach war, gelang es mir, mich schwankend die Gänge entlangzuschleppen und zu rufen: »*Quién?* Wer ist da?«

Es war ein Klosterbruder in einer abgetragenen braunen Kutte, einer von denen, die ich oft in den Straßen von Sevilla gesehen hatte, wenn sie sich um die Kranken und Sterbenden kümmerten. Er kam herein, wusch mich, machte mir ein frisches Bett und deckte mich zu. Er kochte mir heiße Fleischbrühe und fütterte mich mit einem hölzernen Löffel.

»Ich bin Bruder Isidro«, erklärte er. »Es ist ein Wunder Gottes, dass du am Leben bist, mein Junge. Alle anderen, die in diesem Haus lebten, sind unter der Erde.« Er hielt inne, um sich zu bekreuzigen und ein Gebet zu murmeln.

Er war ein alter Mann mit einem weißen Haarkranz. Er hatte mehrere Zähne verloren, so dass seine Worte von einem überraschenden Pfeifen begleitet waren. Bei einem dieser Töne hörten wir ein schwaches Geräusch, halb Kläffen, halb Jammern. Bruder Isidro machte sich auf die Suche, um zu sehen, wo es herkam. Er entdeckte Toto, ganz dünn und verhungert, sein hübsches Fell steif vor Schmutz. Das arme Hündchen musste sich all die Tage im Haus versteckt haben. Bruder Isidro lockte ihn mit einem Schnalzen. Dann fütterte er auch ihn mit Fleischbrühe. Toto leckte ihm die Hand und kroch zu mir.

»Armer kleiner Kerl«, murmelte der Bruder. »Ich nehme ihn mit. Im Kloster werden sie sich um ihn kümmern. Und du, mein Junge, du musst beten und Dank sagen und darum bitten, dass Gott dir enthüllt, warum Er dich auserwählt und gerettet hat. Es muss etwas geben, was Er dich tun lassen will. Es gibt irgendeine Aufgabe, die Er dir auferlegt hat.«

»Welche Aufgabe?«, flüsterte ich.

»Er wird es dich wissen lassen, wenn die Zeit reif ist«, antwortete Bruder Isidro. »Er wird dir zeigen, was du zu tun hast und warum Er dich in diesem Leben erhalten hat. Genauso wie Er es mir gezeigt hat. Ich war Soldat auf dem Wege nach Westindien, als mein Schiff gesunken und mit allen Mann untergegangen ist. Nur ich bin gerettet worden. Ich habe eine Planke erwischt und mich daran festgehalten, bis ich gerettet wurde. Aber während ich im Meer umhertrieb, habe ich in einem Traum erfahren, dass ich dazu bestimmt war, die Kranken zu pflegen, und das habe ich seitdem getan.

Nun, ich komme morgen früh zurück, um nach dir zu schauen und dir etwas zu essen zu bringen. Und du musst liegen bleiben und schlafen, ausruhen und beten. Wir werden sehen, was mit dir geschehen soll und wo du bleiben kannst.«

»Ich bin ein Sklave«, sagte ich ihm. »Ich bin Juan de Pareja. Ich habe Doña Emilia de Silva y Rodríguez gehört.«

»Ich erkundige mich. Und ich kümmere mich um dieses Hündchen. Also stehe nicht auf. Du bist noch schwach und könntest dich erkälten.«

Er beeilte sich, wusch seine Schüsseln und Löffel und verstaute sie in einem großen Ledersack, den er bei sich hatte. Den schulterte er, hob Toto auf und trippelte fort.

Ich versuchte zu beten, aber ich konnte nur ein paar Worte sagen, bevor mich der Schlaf übermannte.

Ein paar Tage später erfuhr ich von Bruder Isidro, dass mich – zusammen mit dem ganzen übrigen Besitz – der Maler in Madrid geerbt hatte, Don Diego Rodríguez de Silva y Velázquez.

Zweites Kapitel, in dem ich mich auf eine Reise vorbereite

Am Tag danach betrat hinter Bruder Isidro ein städtischer Beamter das Haus, ein großer, strenger Herr mittleren Alters. Er war in schwarzen Samt gekleidet und trug um den Hals eine schwere Goldkette mit einem beeindruckenden Medaillon daran. Hinter ihm kam ein Sklavenjunge in ungefähr meinem Alter. Er trug ein Tintenfass und eine Feder. Bei jedem Schritt rollte er ängstlich die Augen, als fürchtete er zu stolpern und die kostbare schwarze indische Tusche zu verschütten. Außerdem quälte sich ein Gerichtsschreiber mit spindeldürren Beinen unter der Last eines großen ledergebundenen Buches herein, in das der Beamte gleich seine Aufstellungen eintragen sollte. Zuerst probierte er jedoch verschiedene Stühle aus, bevor er sich dann für einen entschied und darauf Platz nahm. Dann ließ er sich ein Tischchen bringen und darauf das große Buch legen.

»Du kannst das Tintenfass abstellen, Bobo. Da! Wenn ich es sage, kannst du die Feder in die Tinte eintauchen. Noch nicht! Ich habe meine Gedanken noch nicht geordnet, mich noch nicht entschieden, wie ich vorgehen werde.«

Bruder Isidro verbeugte sich unterwürfig und sagte: »Bitte, Euer Ehren, wollten Sie nicht diesen Jungen Juanico hier notieren und gestatten, dass ich ihn zum Kloster mitnehme, damit er für die Reise zu Kräften kommt?«

Der Beamte warf Bruder Isidro einen strengen Blick zu.

»Wenn ich so weit bin, den Namen und die Beschreibung dieses Sklaven zu notieren, werde ich das tun, nicht früher«, verkündete er. »Vorläufig soll er sich nützlich machen und die Bücher aus der Bibliothek bringen. Jedes muss beschrieben und mit der Liste im Testament verglichen werden, das der verstorbene Don Basilio Rodríguez – er ruhe in Frieden – hinterlassen hat.«

»Könnte nicht …«, fing der kleine Bruder noch einmal an, aber er wurde durch einen Blick und eine gebieterisch erhobene Hand zum Schweigen gebracht.

So begann ich, obgleich ich noch vor Schwäche zitterte, die Bücher herauszubringen, ganze Armladungen voll. Der Beamte brauchte den ganzen Vormittag, um sie mit der Liste zu vergleichen. Bruder Isidro hatte viel zu tun und war zu seinen Pflichten aufgebrochen. Er hatte nur versprochen zurückzukommen, um mich zu holen. Als die Glocken der Kathedrale zu Mittag läuteten, sehnte ich mich so sehr nach seinem roten, faltigen, gütigen Gesichtchen, wie ich mich niemals nach meinem Herrn gesehnt hatte.

Der Beamte seufzte schließlich, streute Sand über die Seiten seines Buches und schloss es. Er stand auf und schritt zur Tür, gefolgt vom Gerichtsschreiber und dem Sklaven. Die *zaguán* schlug hinter ihnen zu und erschöpft wankte ich zu meiner Pritsche zurück.

Als es bereits dämmerte, kam Bruder Isidro und brachte

mir Brot und Käse. Er hatte auch einen Mantel für mich, einen abgelegten, den ihm eine reiche Dame für seine armen Pfleglinge zugeworfen hatte. Glücklich wickelte ich ihn um meine Schultern, da ich trotz des warmen Tages fröstelte.

»Du bleibst in unserem Kloster; der Bruder Superior ist einverstanden«, teilte mir Bruder Isidro mit, »und wir werden nicht zulassen, dass sie dich wegholen, bevor du gesund bist. Ich kenne den Beamten und seinesgleichen. Sie sind nicht böswillig, sie handeln auch nicht aus Grausamkeit, aber sie sehen einfach nicht richtig hin. Sie schauen einen schwarzen Jungen an und sehen nur einen Sklaven, der in der Lage ist zu arbeiten. Sie sehen nicht, was ich sehe.«

Ich stolperte hinter ihm her, während er mit Sandalen an den Füßen durch die engen Straßen Sevillas eilte.

»Was siehst du denn?«

Er verlangsamte seinen Schritt ein wenig, während er nach Worten für eine Antwort suchte.

»Nun, ich sehe eine Person. Einen Jungen. Ein menschliches Wesen mit einer Seele, geschaffen nach Gottes Ebenbild«, antwortete er. »Hast du deine erste heilige Kommunion gehabt?«

»O ja«, antwortete ich stolz. »Die Herrin hat dafür gesorgt. Und ich bin immer mit ihr zur Messe gegangen, jeden Tag.« Bei dem Gedanken, dass ich sie nie mehr wieder sehen würde und den Herrn auch nicht oder das Haus, das mein Heim gewesen war, musste ich weinen. Ich fühlte, wie mir die dicken Tränen über die Backen rollten. Bruder Isidro drehte sich um, als er mich schniefen hörte, und tätschelte mich unbeholfen.

»Na, na!«, sagte er. »Wir wollen unseren Rosenkranz beten, während wir gehen, das wird dich trösten. Armes Kind! Wir haben noch ein gutes Stück Weg vor uns, denn das Kloster liegt außerhalb der Stadt. Das ist besser für dich, denn ich werde etwa eine Woche lang dem Beamten nicht verraten, wo du bist. Ich kann richtig taub sein, wenn ich muss. Gott vergebe mir diesen kleinen Betrug. Ich werde nicht lügen. Ich gehe ihm einfach aus dem Weg. Heilige Maria, voll der Gnade …« Und während wir so weitertrabten und die Gebete sprachen, beruhigten mich die lieb-vertrauten Worte tatsächlich und halfen mir über die holprigen Steine und die Rinnen in der Straße hinweg. Bis Bruder Isidro an einem Seil zog, das am Klostertor herabhing.

Drinnen herrschte ein großes Durcheinander, ein Hin und Her von Kindern jeden Alters, von Lahmen und Kranken, Alten und Tieren. Toto kam auf mich zugelaufen. Ich bückte mich, um ihn zu streicheln, und fühlte die winzigen Knochen unmittelbar unter der Haut. Aber er war gewaschen worden und hatte sich ein strammes Bäuchlein angefressen.

Der Ort entsprach ganz und gar nicht meiner Vorstellung vom Leben in einem Kloster, das ich mir geordnet, still und bequem ausgemalt hatte. Aber ich erkannte bald, dass sich dieses von den meisten anderen Klöstern unterschied. Es war eine Art Asyl. Außerdem waren die Brüder sehr arm. Und das wenige, das sie erhielten, gaben sie reichlich an die Vergessenen weiter, die Kranken und die Verlassenen in der Stadt – an jedes leidende Geschöpf, ob Mensch oder Tier. Hätte ich mir die Mühe gemacht, über die Situation nachzudenken, dann hätte mir klar werden können, dass ich, ein kranker und nutzloser Sklave, einem der reichen Klöster nicht viel hätte nützen können, die sich der Gelehrsamkeit widmeten, dem Kopieren und Ausschmücken von Handschriften und intensivem Gebet vor dem Allerheiligsten. ›In unseres Vaters Haus sind viele Wohnungen‹, erinnerte ich mich, ›und eine jede hat ihre besonderen Aufgaben.‹

Bruder Isidro schimpfte mit der ganzen Kinderschar, alten Männern und Frauen mit Krücken, kleinen wund gescheuerten Eseln und flohbedeckten Hunden, die sich an ihn drängten, und rief gereizt nach Hilfe. Mehrere andere Brüder, ähnlich armselig gekleidet wie er, kamen herbei, um ihm den großen Sack Brot abzunehmen.

»Nun, stellt euch in Reihen auf, drängelt nicht«, rief Bruder Isidro, »es gibt genug für jeden, Gott sei's gedankt.« Die Menge löste sich irgendwie auf und ordnete sich. Mir war es gelungen, an seiner Seite zu bleiben, so dass ich ihm helfen durfte. Wir brachen das Brot in große Brocken und ein anderer Bruder hielt jedem der jämmerlichen heruntergekommenen Gestalten ein hölzernes Schälchen mit Fleischbrühe hin. Sie tauchten und brockten das Brot hinein und bald aßen alle. Die Tiere erhielten trockenes Brot und für die Hunde gab es ein paar Knochen.

Bruder Isidro und ich aßen später in seiner Zelle, während ein anderer Bruder Säcke verteilte und Decken und für jeden einen Platz zum Schlafen fand.

»Wir tun, was wir können«, erzählte mir Bruder Isidro, nachdem er über seinen Brotkanten den Segen und ein Dankgebet gesprochen hatte. »Wir behalten sie ein paar Tage bei uns und betteln für sie. Gott ist gut, und gewöhnlich sind unsere Säcke voll, wenn wir in der Stadt um Almosen gebeten haben und zurückkommen. Die kleinen Kinder geben wir in eine Lehre, wo immer wir eine Stelle für sie finden. Die Alten und die Krüppel behalten wir, damit sie uns helfen. Natürlich helfen sie uns beim Betteln, und einige von denen, die wir ausschicken, kommen nie zurück. Ein paar *maravedís* in der Hand, ein Stück Brot … Nun, wir wollen nicht urteilen. Wir tun, was wir können«, wiederholte er und biss ein Stück von seinem groben schwarzen Brot ab.

»Ich wünschte, ich könnte für immer bei euch bleiben!«, rief ich aus.

»Das wünschte ich auch. Aber du sollst nach Madrid geschickt werden.«

Mich fröstelte.

»Es ist ein schöner Ort«, sagte der Bruder, »und wenn du dir ein weiches Herz und eine reine Seele bewahrst, kannst du Möglichkeiten finden, Gutes zu tun. Es gibt viel zu tun in dieser bösen Welt.«

»Ich bin nur ein Sklave … ein Diener«, klagte ich voller Selbstmitleid.

»Wer ist das nicht?«, fragte Bruder Isidro lebhaft. »Dienen wir nicht alle? Jedenfalls sollten wir das tun. Deswegen braucht man sich nicht zu schämen. Es ist unsere Pflicht.«

Diese Nacht schlief ich auf seiner Holzpritsche. Eine Decke gab es nicht. Aber ich besaß den Mantel, den er mir gegeben hatte. Und am Morgen kam er, um mich zu wecken und mir Brot und eine Scheibe Käse zu bringen.

»Bleib heute hier und mache dich nützlich«, sagte er. »Der Bruder Superior meint, dass du dich um die Kleinen kümmern sollst. Und schau, dass du zu Kräften kommst. Du musst stark sein für deine Reise.«

An diese letzte Bemerkung sollte ich mich erst später wieder erinnern, als ich mit dem Zigeuner, dem Maultiertreiber, auf dem Weg nach Madrid war.

Vorerst verbrachte ich sechs geschäftige Tage im Kloster. Es gab dort vielleicht zwanzig Brüder, alles Franziskaner, die sich bemühten, in christlicher Armut zu leben, und die alles mit den Bedürftigen teilten. Ich war ganz davon in Anspruch genommen, fiebernden Kindern mit kühlen Lappen den Schweiß abzuwischen, den Krüppeln zu helfen, sich zu bewegen, die quengelnden Alten zu überreden, ihre Brotkanten zu essen und im Sonnenschein umherzugehen, statt im Dunkeln herumzuhocken. Bei all dem fing ich doch an, in Gedanken nach Madrid vorauszueilen zu meinem neuen Herrn.

Jeden Abend wartete ich mit großer Ungeduld auf Bruder Isidro. Manchmal brachte er zwei große Säcke voller Rüben oder Zwiebeln oder anderer Erzeugnisse vom Lande. Immer hatte er Brot, das er an einem Backofen mit den Münzen kaufte, die er während des Tages als Almosen gesammelt hatte. Gespannt suchte ich sein Gesicht nach Neuigkeiten ab und dann kam es: Am nächsten Tag sollten wir zurück in die Stadt gehen. Ich wurde nach Norden geschickt.

Diesmal machte es mir Spaß, auf der staubigen Straße langzugehen. Ich mochte den Geruch der vertrockneten Gräser und das Geräusch der Grillen, die in Wolken vor uns hochsprangen. Ich sang beim Gehen.

Wir kamen nach Sevilla und gingen zuerst schmale gepflasterte Straßen entlang – in einem Stadtteil, den ich nicht kannte.

»Das Anwesen, in dem du gelebt hast, ist verkauft worden«, erzählte mir Bruder Isidro. »Ich bringe dich zum Haus des Beamten.«

Vor einer schweren Holztür mit bronzenem Knopfbeschlag blieb Bruder Isidro stehen. Er packte den merkwürdigen Klopfer in Fischgestalt und schlug damit dreimal an die Tür. Sie öffnete sich und wir betraten eine weite Diele. Sie wirkte ungewöhnlich finster vor dem strahlenden Sonnenschein im Innenhof, wo ein Springbrunnen funkelte und plätscherte. Man ließ uns in der Diele warten. Schließlich kam ein Diener, um uns ins Büro des Hausherrn zu bringen, der seine Amtsgeschäfte in einem ruhigen Raum im hinteren Teil des Gebäudes erledigte.

Er saß an einem langen geschnitzten Tisch. Darauf lagen verstreut seine Papiere. Seine Hände waren voller Tintenflecken. Er erhob sich nicht, sondern winkte Bruder Isidro zu einem Sitz und wies mich barsch an, draußen in der Diele zu warten. Ich konnte nicht hören, was sie sagten, aber als Bruder Isidro herauskam, sah er ärgerlich und traurig aus. Er legte mir den Arm um die Schultern und segnete mich dann, so dass ich wusste, dass ich ihn nicht wieder sehen würde. Mein Herz verkrampfte sich bei dieser erneuten Trennung und ich konnte nicht antworten. Bruder Isidro eilte weiter, ich blieb zurück und wartete auf Anweisungen. Ich ließ meiner wilden, unglücklichen Phantasie freien Lauf, während die Stunden langsam vergingen, ohne dass jemand kam, um mir zu sagen, was ich tun oder wohin ich gehen sollte. Und ich war zu ängstlich, um zu fragen. Im Kloster war ich zu Anfang krank und schwach gewesen, aber ich hatte eine Persönlichkeit, Aufgaben und Verantwortung gehabt. Nun war ich gesund, aber wieder eine Ziffer – kein Mensch, sondern ein Sklave.

Ich weiß nicht, wie viel Zeit verging. Diener kamen und gingen, streiften mich, als wäre ich unsichtbar. Besucher wurden in das Zimmer des Beamten geführt, saßen dort, murmelten und kamen wieder heraus. Meine Füße und Beine wurden müde vom Stehen, aber es gab keinen Platz zum Sitzen. Als ich es nicht länger aushalten konnte, sackte ich zusammen und saß auf dem Boden mit dem Rücken zur Wand. Und so schlief ich mit baumelndem Kopf ein.

Einige Zeit später wurde ich von einem heftigen Tritt ans Bein geweckt. Ich glaube nicht, dass der Kerl mir wirklich wehtun wollte, aber die Gemeinheit des Tritts, die Tatsache, dass ich in einer so respektlosen Haltung eingeschlafen war, meine plötzliche Überzeugung, dass ich hilflos und einsam war, all das bewirkte, dass ich die Fassung verlor und weinte. Beim ersten Schluchzer erhielt ich einen zweiten Tritt, der mich zum Schweigen bringen sollte. Ich schluckte und rappelte mich hoch.

Der Mann, der über mir stand, war ein Hausdiener. Er trug dunkle Baumwollkleidung und eine große grüne Schürze. Aus seinen Taschen ragten Bürsten und hingen Putzlappen.

»Komm mit. Der Herr wird dir seine Befehle geben.«

Ich streifte meine anfängliche Ängstlichkeit ab und ging trübsinnig mit.

Ich wurde nicht in das Büro gebracht, das ich Bruder Isidro hatte betreten sehen, sondern in das Schlafzimmer des Beamten. Er hatte die schwarze Jacke seines Anzugs abgelegt und trug nur knielange schwarze Hosen, Schuhe und Strümpfe sowie ein feines weißes Baumwollhemd mit Rüschen vorne.

»Nun, wie heißt du?«, fragte der Beamte gereizt. »Ich habe meine Papiere nicht hier.«

»Ich bin Juan de Pareja«, antwortete ich.

»Ach ja, Juanico. Gut, du kannst in die Küche gehen und etwas essen. Du darfst heute Nacht im Stall schlafen. Morgen früh wirst du mit allen Sachen von Doña Emilia zu ihrem Neffen Don Diego nach Madrid aufbrechen. Ich hoffe, dass du unterwegs deinen Unterhalt verdienst, indem du dem Maultiertreiber hilfst. Ich habe kein Geld bekommen, um dich zu ernähren, weder hier noch unterwegs. Aber ich bin«, seufzte er, »ein barmherziger Mensch und ich werde dich nicht hungrig wegschicken.«

Nun hatte ich lange genug gelebt und genügend von Bengeln meines Alters und von anderen Sklaven gehört, um jedem zu misstrauen, der sich selbst barmherzig oder gerecht oder gütig nennt. Gewöhnlich sind das die grausamsten, geizigsten und selbstsüchtigsten Menschen, und Sklaven lernen den Herrn fürchten, der seine Bemerkungen mit Lobpreisungen seiner eigenen Tugenden einleitet.

Ich fühlte einen Schauder, und als mir in der Küche die Köchin eine schmutzige Schale mit lauwarmer Suppe gab und sonst nichts, schwante mir nichts Gutes.

Ich schaute mich um und sah, dass es ein ärmlicher Raum war. Keine Schnüre mit Zwiebeln oder Pfefferschoten hingen unter der Decke, keine Schinken oder Würste baumelten an Haken. Und die Zucker- und Mehlfässer hatten Vorhängeschlösser. Die Köchin war mager und übellaunig. Mir wurde klar, dass der Beamte wahrscheinlich ein Geizhals war. »Ein Licht auf der Straße und Dunkelheit zu Hause«, sagt ein spanisches Sprichwort. Er war jemand, der sich mit Anstand und Würde in der Öffentlichkeit bewegte, aber innerhalb der feinen Schale seines Hauses in Mangel und Unbequemlichkeit lebte.

Wenigstens die Ställe wurden ein wenig besser unterhalten als die Küche. Dort standen einige schöne, wohlgenährte Pferde. Das Zaumzeug war gut geölt, weich und geschmeidig und die Messingverzierungen glänzten. Niemand kam, um mir zu zeigen, wo ich mich hinlegen sollte. So machte ich mir selber ein Bett auf einem Strohhaufen und deckte mich mit einer der Decken zu, die man den Pferden überwarf, wenn sie schwitzend von einer anstrengenden Reise zurückgebracht wurden.

Drittes Kapitel, in dem ich Don Carmelo treffe

Bevor der Morgen dämmerte, wurde ich durch eine Tasse kaltes Wasser geweckt, die mir jemand ins Gesicht schleuderte. Im Licht der verblassenden Sterne erblickte ich undeutlich ein dunkles, narbiges Gesicht, das auf mich heruntergrinste. Der Mann war etwa dreißig Jahre alt; er hatte breite Schultern und war auf eine wilde Weise schön, mit prächtigen Zähnen und blitzenden dunklen Augen. Bald erkannte ich an seiner Kleidung und an den Befehlen, die er lautstark gab, dass er der Maultiertreiber war, der uns nach Madrid führen sollte. Schnell stand ich auf und bot ihm an, mich nützlich zu machen.

Er war ein Zigeuner, geschmeidig und anmutig, stark wie ein Panther, mit schnellen Bewegungen. Ich schleppte Wasser und Futter und half, die Maulesel zu beladen. Ich bekam einen Heidenrespekt vor den empfindlichen Tieren, besonders vor einem, das mich zu beißen versuchte und dann herumtanzte, um in eine Position zu kommen, aus der es nach mir ausschlagen konnte. Aber ich hatte einiges über Maultiere gelernt, als Don Basilio seine Waren im Lagerhaus verkaufte, denn die Händler nahmen ihre Einkäufe gewöhnlich auf dem Rücken von Maultieren mit. So konnte ich mich schützen. Als der Zigeuner sah, dass ich

Schwierigkeiten hatte, kam er herbei und gab in aller Ruhe dem Tier einen schweren Schlag auf die Nase. Obwohl ich froh darüber war, nun vor wirbelnden Hufen und scharfen Zähnen sicher zu sein, tat mir das arme Vieh doch Leid. Aus seinen Nüstern strömte Blut und es ließ wie betäubt den Kopf hängen.

»Dir wird's genauso gehn, kleiner Mohr, wenn du Ärger machst«, sagte der Zigeuner mit einem strahlenden Lächeln.

Ich kam bald dahinter, dass dieses strahlende Lächeln eine Warnung war. Dem Zigeuner gefiel es, alles zu bändigen und sich dienstbar zu machen. Ich war zwar oft missmutig, aber ich war kein rebellischer Junge, und ich gewöhnte mir schnell an, Don Carmelo eiligst zu gehorchen. So hieß er nämlich. Eigentlich nur Carmelo. Denn nur Herrschaften haben das Recht auf die Anrede als Don. Aber er bestand darauf, dass ich ihn so anredete. Mir fiel auf, dass der Beamte, als er herauskam, um die letzten Anweisungen zu geben, ihn nur »Carmelo« nannte.

Wir hatten insgesamt zehn Maultiere und sie waren schwer beladen, denn Don Carmelo schonte sie nicht. Ich fragte mich, wie weit er uns auf einer Tagesreise marschieren lassen würde, und fürchtete das Schlimmste. Aber ich hätte mir deswegen keine Sorgen zu machen brauchen. Don Carmelo sang, tanzte und trank gerne Wein und er ließ sich abends bei jedem Halt immer viel Zeit, um sich nach Herzenslust amüsieren zu können, wenn ein Zigeunerlager in der Nähe war. So waren wir zwar schwer beladen, wurden aber nicht allzu weit vorangetrieben. Das war ein Segen.

An diesem ersten Tag auf der Landstraße trafen wir viele andere Maultiertreiber mit beladenen Tieren. Don Carmelo freute sich, denn er kannte viele von ihnen. Unterwegs sang er. Um die Mittagszeit wurde ich müde. Ich ging hinter den Tieren her und achtete darauf, dass ihre Lasten nicht verrutschten. Passierte das, blieben sie einfach stehen und nichts konnte sie bewegen weiterzugehen. Don Carmelo wusste das. Deshalb beeilte er sich, die Lasten wieder zurechtzurücken, festzuzurren und auszugleichen. Danach gab er den Maultieren gewöhnlich einen heftigen Tritt.

Am Abend waren wir zu einem Dorf gekommen, wo viele bunte Zigeunerwagen standen. Dort gesellten wir uns zu der kleinen Karawanserei, luden unsere Maultiere ab und pflockten sie zum Grasen an. Man erwartete, dass ich dabei half. Ich fiel fast um vor Erschöpfung und sehnte mich nach Ruhe und einer guten warmen Mahlzeit. Don Carmelo aber verschwand sofort und ließ mich bei den Tieren. Als der Mond aufging, hatte ich einen wüsten Hunger. Don Carmelo kam nicht zurück und ich wusste nicht, was ich tun sollte. Köstliche Düfte drangen von den Lagerfeuern der Zigeuner herüber. Ich beobachtete sie, bis die Feuer gelöscht wurden und das Tanzen begann. Alle Zigeuner versammelten sich um eine freie Stelle im Gras und dort begannen sie rhythmisch zu stampfen und in die Hände zu klatschen.

Da waren Männer und Frauen in exotischer Kleidung, die Frauen in Röcken mit vielen Volants und in Rüschenärmeln, das Haar mit Tüchern und Bändern in leuchtenden Farben gebunden. Auch die Männer trugen seidene Blusen, nur ihre engen Hosen waren aus dunkler Wolle oder Leder. Ein Mann saß auf einem Stuhl und zupfte lässig an den Saiten einer Gitarre. Plötzlich spielte er einen Akkord. Im gleichen Augenblick sprang Don Carmelo in den Kreis, nahm eine Tanzpose ein und fing an mit den Fingern zu schnalzen. Bald kam eine stolze und schöne junge Frau mit mehreren wirbelnden Röcken übereinander und stellte sich hochmütig ganz nahe bei ihm auf. Langsam hob sie die Arme und bewegte die Finger. Dann tanzten sie zusammen, ohne sich jemals zu berühren. Es war, als ob man das Balzen zweier schöner Vögel oder wilder Waldtiere beobachtete. Alle anderen schauten schweigend zu, nur gelegentlich schnipste jemand mit den Fingern, klatschte oder stieß in ihrer Sprache einen heiseren Schrei aus.

Es war ein herrlicher Anblick dort unter dem Mond. Die Tänzer wurden gelegentlich vom glühenden Licht der Feuer angestrahlt, wenn irgendwo ein paar Flammen aufloderten, bevor es erstarb. Ich aber war hungrig und ungeduldig.

Als zwei andere Zigeuner zu tanzen begannen, suchte ich Don Carmelo auf und bat um etwas zu essen. Er schlug mich kräftig auf die Seite des Kopfes, dass mir die Ohren klangen.

»Prügel werde ich dir geben! Das ist die beste Methode, einen leeren Magen zur Ruhe zu bringen«, fauchte er mich an. Er schnappte sich ein Stück Holz von einem der Kochfeuer und kam auf mich zu.

»Lass den kleinen Schwarzen in Ruhe«, riet ein hübsches Zigeunermädchen lässig. »Spar deine Kraft fürs Tanzen.«

Don Carmelo ließ den Knüppel fallen.

»Du musst lernen, dir dein Essen zu stehlen, wie ein Herr unter den Zigeunern«, sagte er, »und ich werde dir viele nützliche Tricks beibringen. Aber wenn du hungrig bleiben willst, dann setz dich hin und warte auf deine Mahlzeit! Sie wird nicht angelaufen kommen, das kann ich dir versprechen!«

Ich traute meinen Ohren nicht, aber es sah ganz so aus, als ob er tatsächlich meinte, dass ich stehlen sollte. Ich stolperte zurück an den Platz, wo die Maultiere rasteten, und machte mir ein kleines Lager unter einem Baum zurecht. Obwohl mein knurrender Magen protestierte, konnte ich schlafen.

Am nächsten Morgen aber sah ich ein, dass ich Don Carmelos Rat befolgen oder auf der Reise verhungern müsste. All die Tage, die wir unterwegs waren, gab er mir nichts außer gelegentlich einer Brotkante oder einem Knochen von seiner eigenen Mahlzeit.

Was konnte ich tun? Ich war ein Kind aus der Stadt. Ich war immer, wie mir jetzt klar wurde, liebevoll behütet worden. Nie hatte ich Hunger gekannt oder Kälte oder eine derartige Vernachlässigung. Don Carmelo lebte nur für jeden Sonnenuntergang, wenn er ein Zigeunerlager finden konnte oder ein Zigeunercafé in der Stadt. Dann gab er sich völlig seinem Springen und Tanzen hin. Wie er es fertig brachte, den ganzen Tag die Straße langzulaufen und dann bis Mitternacht zu tanzen, weiß ich nicht. Er muss eine eiserne Natur besessen haben. Was mich betrifft, so stahl ich Früchte oder Kohlköpfe und einmal fand ich ein Brot, das jemandem von seiner Ladung herabgefallen war. In meiner Gier schlang ich es trocken hinunter. Aber ich konnte mich nicht auf ein Feld stehlen und eine Kuh oder ein Schaf melken; ich wusste nicht, wie ich es anstellen sollte. Ich konnte keine Taube oder ein Huhn fangen und ihm den Hals umdrehen oder eine Kaninchenfalle aufstellen, wie Don Carmelo es tat.

Aber Not ist der beste Lehrmeister, wie man sagt. Bald lernte ich mich hinzuwerfen und bei den Tieren zu schlafen, sobald sie abgeladen waren – im Freien, in einem Hof oder wo wir gerade anhielten. Und dann stand ich früh mit dem Morgenstern auf und machte mich auf den Weg, um ganz zusammengekrümmt auf den Stufen der nächsten Kirche zu hocken und die Hand nach Almosen auszustrecken. Ich wurde zum Bettler, wie Bruder Isidro es geworden war. Viele von den Gläubigen, deren Seelen durch den Gottesdienst erhoben und deren Herzen weich geworden waren, ließen mir einen *maravedí* in die Hand fallen. Manchmal brachte ich so an der Kirchentür genügend zusammen, um mir Nahrung für den ganzen Tag zu kaufen. An schlechten Tagen machte ich einfach die Runde, klopfte an den Türen und bettelte um etwas zu essen. Viele Herzen muss ich zu Mitleid gerührt haben, denn ich war damals in Lumpen gehüllt, abgemagert und blutete oft von einem Schlag, den mir Don Carmelo verpasst hatte.

Bis dieser seine Tiere beladen hatte – er tat das immer sehr sorgfältig –, bis er sie gefüttert und sein Frühstück zubereitet hatte – oft briet er einen Vogel am Spieß oder röstete eine Wurst am Stock, bis das Fett zischend und duftend ins Feuer spritzte –, war ich zurück, nachdem ich gebettelt und mir in der Bäckerei ein noch warmes Brot gekauft hatte oder vielleicht sogar ein paar Eier, die ich aufgeschlagen und roh ausgetrunken hatte.

Don Carmelo begann mich interessiert zu beobachten, während ich meine Methode zu überleben entwickelte. Als er den Eindruck hatte, dass ich einigermaßen gut aß, verlangte er, dass ich ihm jeden Morgen ein Stück Brot brachte.

Inzwischen hatten wir die trockenen, staubigen Ebenen von La Mancha hinter uns gebracht und stiegen höher in die Berge. Die Nächte wurden sehr kalt. Meine Schuhe waren durchgelaufen und ich hatte meine Füße in Lumpen gewickelt, wie viele Bettler es tun. Wieder hatte ich oft Hunger, da wir gelegentlich am Abend kein Dorf gefunden hatten und gezwungen waren, unser Lager im offenen Gelände aufzuschlagen. Don Carmelo war dabei so geschickt wie alle seinesgleichen. Immer fand er einen sicheren Platz nahe am Wasser, geschützt durch die Kuppe eines Hügels oder durch hohe Bäume. Aber wenn er keinen von seinen eigenen wilden Leuten in der Nähe hatte, die ihn mit ihrer Musik ablenken konnten, vergnügte er sich damit, mich zu verprügeln. Ich ließ mir das gefallen, bis wir zu einer größeren Stadt kamen. Dort beschloss ich, mich vor ihm zu verstecken und mich irgendwie allein nach Madrid durchzuschlagen.

Aber es ergab sich nicht leicht eine Gelegenheit dazu. Zigeuner können Gedanken lesen und ich bin sicher, Don Carmelo hatte keine Schwierigkeiten, die meinen zu lesen. Er war so früh auf wie ich, und bevor ich noch mit meinem Winseln drei *maravedís* auf die Hand bckommen hatte, erwischte er mich, packte mich am Kragen meines inzwischen zerfetzten Hemdes, riss ihn fast ab und zerrte mich eilig die Straße entlang zum Bäckerladen. Als ich mein Brot gekauft hatte, nahm er es mir weg und stolzierte dann die Straße entlang, wobei er abwechselnd pfiff und gewaltige Brocken abbiss. Mir blieb nichts anderes übrig, als wieder zu den Kirchenstufen zurückzuschleichen und es nach der nächsten Messe noch einmal zu versuchen.

Aber bevor ich mehr als ein paar Schritte gemacht hatte, legte sich mir eine große, behaarte Hand auf die Schulter. Ich zuckte zusammen aus Angst, Don Carmelo könne zurückgekehrt sein. Aber es war Don Dimas, der Bäcker der Stadt.

»Gehörst du diesem Zigeuner?«, fragte er mich in einem rauen Flüsterton.

Nun war ich zwar ein Sklave, aber ich hatte auch meinen Stolz.

»Seit wann kann ein Zigeuner einen schwarzen Sklaven

besitzen?«, fragte ich verächtlich. »Ganz sicher nicht. Aufgrund inopportuner Begleitfaktoren«, sagte ich und benutzte möglichst eindrucksvolle und lange Wörter, »befinde ich mich in seiner Karawane. Er bringt Waren zu meinem Herrn in Madrid. Wie weit ist es noch bis Madrid?«, fragte ich ängstlich.

Der Bäcker, ein großer, töricht dreinblickender Mann, der die schmutzige, mit weißem Staub bedeckte Schürze und Mütze seines Handwerks trug, kratzte sich den Kopf.

»Ich weiß nicht genau«, murmelte er. »Es ist weit, glaube ich. Niemand hier ist jemals dort gewesen.«

»Warum habt ihr mich gerade angehalten?«, fragte ich daraufhin.

»Mein Sohn ist krank und ich brauche einen jungen Kerl, der mir Mehl schippt und mit dem Ofen hilft.«

»Lasst mich das tun, lasst mich!«, bettelte ich und vergaß ganz mein feines Getue, das, um die Wahrheit zu sagen, nicht zu meinen dreckigen Lumpen und dem halb verhungerten Aussehen passte. »Lasst mich! Nur erzählt nicht Don Carmelo, wo ich bin. Ich will lieber meinen richtigen Herrn aufsuchen, wann es mir passt, und ohne die ganze Zeit von diesem Zigeuner getreten und geschlagen zu werden.«

Ein Funken Habgier leuchtete in den kleinen Augen des Bäckers auf. Aber ich war darauf gefasst. Ich kannte diesen Blick.

»Für zwei Brote am Tag und einen Schlafplatz«, bot er mir an.

»Nein. Ich will Fleisch oder Käse essen, wenn Ihr es tut, zusätzlich zu den zwei Broten, und außerdem eine gute warme Jacke, wenn ich wieder gehe.«

»Wie lange willst du bleiben?«

»Bis Euer Sohn gesund ist. Oder … nein.« Mir fiel ein, dass der Junge sterben und ich für viele Monate zum Dienst verpflichtet sein könnte. »Nein, ich will vierzig Tage für Euch arbeiten.«

»Gut …«

»Euer Ehrenwort, dass Ihr mich verpflegen und bezahlen werdet, wie ich es gesagt habe«, verlangte ich, »oder ich laufe sofort zum Zigeuner zurück.«

»Also gut, mein Ehrenwort.«

Ich konnte sehen, dass es ihm schmeichelte, dazu aufgefordert zu werden.

»Vor einem Zeugen«, darauf bestand ich. Weiß Gott, wo ich meine Vorstellungen von rechtsgültiger Absicherung herhatte.

Aber der Bäcker war dumm genug, um beeindruckt zu sein. Er machte einen richtigen Aufstand, um einen seiner Kumpane, einen triefäugigen humpelnden Kerl, auf dem Weg zum Weinladen anzuhalten und ihn zu bitten, einen Eid zu bezeugen.

So wurde ich für begrenzte Zeit und aus freien Stücken der Sklave von Don Dimas.

Der Zigeuner tat mir nicht die Ehre an, nach mir zu suchen. Bald merkte ich, dass meine Arbeit hart war. Das Mehl kam mir in Augen und Nase, so dass ich husten musste, und die großen eisernen Mulden, die wir voll machten und in den Ofen schoben, waren ungeheuer schwer. Aber ich bekam Suppe und manchmal ein Stück Wurst darin und während des Tages waren die Öfen gemütlich warm. Ich schlief hinten in einem Schuppen und war froh, dass es noch nicht mitten im Winter war, sonst wäre ich erfroren. Der Anbau bestand nur aus Latten, die von Lederriemen zusammengehalten wurden, und der Wind, der sich kurz vor der Morgendämmerung erhob, pfiff durch die Ritzen. Aber um die Zeit war ich schon auf und wir heizten die Öfen.

Nachts wurde ich allerdings mächtig von Ratten geplagt, schlief unruhig, wälzte mich auf meinem kleinen Haufen Stroh hin und her und fürchtete, dass mich die Viecher angreifen könnten. Ich war zu naiv. Diese Tiere waren fett und wohlgenährt, da sie sich im Getreidespeicher des Bäckers gütlich taten. Ihr Quieken war nur ihre Unterhaltung, während sie nachts ihren Geschäften nachgingen. Manchmal gab es allerdings schreckliches Kreischen, Heulen und ein Getöse, als kämpften Teufel miteinander. Nach den ersten Abenden, an denen das passierte und ich aus dem Schlummer hochschreckte, schlief ich dann aber durch, denn dies waren die ganz normalen Schlachten zwischen den Ratten und den Katzen des Bäckers. Von denen gab es viele – schwarze, weiße, gefleckte und gestreifte. Der Bäcker gab ihnen nie etwas zu fressen – er vertrat die gleiche Theorie wie Don Carmelo. Da die Katzen für sich selber sorgen mussten, lebten sie von den Ratten und verhinderten so, dass die Nager den Bäcker völlig zu Grunde richteten.

Dieser hatte außer dem kranken Kind eine bleiche, kränkliche Frau. Obwohl sie sich nicht besonders um mich kümmerten und selten mit mir sprachen, taten die beiden mir Leid und der geplagte Bäcker auch. Trotzdem ließ ich mich nicht in meinem Plan beirren, nach Madrid aufzubrechen. Als meine Zeit um war, ging ich nach meiner Jacke fragen und Auf Wiedersehen sagen.

Ich bekam eine Jacke. Die Frau des Bäckers hatte sie für mich aus einigen alten Stoffresten in ihrer Truhe gemacht. Es war ein merkwürdiges Kleidungsstück und bestand nur aus Flicken, großen und kleinen, aber es war ganz aus Wolle und ich war froh darum. Ich bat um einen alten Sack für meine Brote – ich hatte sieben Stück für die Reise gespart, um sicher zu sein, dass ich unterwegs etwas zu essen hatte – und verabschiedete mich.

Die Straße nach Madrid wand sich nach Norden und ich glaubte, dass ich sicherlich vor dem Abend eine Stadt erreichen würde. Aber daraus wurde nichts. Diese Nacht musste ich im Freien verbringen, frierend und voller Angst. Aber ich kaute eines meiner Brote und irgendwie überstand ich die Nacht. Um die Mittagszeit des nächsten Tages kam ich in ein Dorf und dort erfuhr ich, dass bis Madrid noch fünf Tagesreisen vor mir lagen.

Auf den Landstraßen zogen allerhand Leute dahin, und immer wenn ich konnte, hielt ich mich eng hinter einem Kaufmann oder einem reichen Herrn. Am dritten Tag folgte ich einem jungen Mann, der auf einem Pferd ritt, ein zweites führte und sein Gepäck von einem Maultier hinterhertragen ließ. Am Abend sprach ich ihn an und fragte ihn, ob ich über Nacht auf seine Tiere aufpassen und während des Tages neben ihm laufen könnte.

Er war ein blonder, schöner Mann. Er drehte sich auf dem Pferd um und blickte mich, quer sitzend, neugierig an.

»Wie kommt es, dass ein so zerlumpter kleiner Mohr so gutes Spanisch spricht?«, fragte er mich.

»Ich bin der Sklave eines vornehmen Herrn«, antwortete ich stolz, »und ich bin in einem adligen Haushalt aufgewachsen. Dort habe ich mein Spanisch gelernt.«

»Mit dem Akzent von Sevilla«, überlegte er. »Warum marschierst du nach Norden, noch dazu ganz allein? Bist du ein entflohener Sklave?«

»Nein.« Mehr wollte ich aus Vorsicht nicht sagen.

Er war in Gedanken versunken, schließlich sagte er: »Sehr gut. Du darfst mit mir reisen.«

In dieser Nacht schliefen wir unter Sternen und am nächsten Tag zogen wir weiter. Seine Pferde fraßen anscheinend die Meilen, obwohl der junge Herr sie nicht zur Eile trieb, sondern sie nur zu einem gleichmäßigen Tempo anhielt. Wenn er Mittagspause machte, gab er mir Käse und Wein, und ich bot ihm feierlich an, mein Brot mit ihm zu teilen. In der kommenden Nacht rastete er in einem Gasthaus und ich durfte in den Ställen schlafen. So ging es weiter und ich schöpfte Hoffnung. Ich fing an von Madrid zu träumen, von sauberer Kleidung und endlich wieder in einem angenehmen Haus zu sein, auch wenn ich immer nur ein Sklave sein würde. Freiheit, das hatte ich auf den Landstraßen gelernt, ist schwer zu verteidigen und überall fallen die Schwachen den Starken zum Opfer.

Am vierten Abend kamen wir zu einem Gasthaus. Nachdem ich das Maultier abgeladen, den Pferden die Sättel heruntergenommen, sie trockengerieben und im Hof getränkt und gefüttert hatte, rief mich der junge Herr zu sich.

»Du bist ein braver Junge gewesen«, sagte er freundlich, »und ich war froh über deine Gesellschaft. Aber nun müssen wir uns trennen, denn ich kann nicht mit einem Sklaven in Madrid einreiten. Niemand würde glauben, dass du nicht mein Sklave bist, und du hast keine Papiere, um zu beweisen, wo du hingehörst. Du würdest mir weggenommen und verkauft werden, denn ich habe viele Schulden und Gläubiger. Das möchte ich dir ersparen. Hier ist ein *real* für dich. Tu ihn in deinen Gürtel oder verstecke ihn. Ich wünsche dir viel Glück.«

Ich habe niemals seinen Namen erfahren oder ihn wieder gesehen. Wäre es doch so gekommen! Aber bevor der nächste Tag dämmerte, hatte ich ihn und alles andere vergessen und nichts als meine Schmerzen im Sinn.

Ich lag im Stall bei seinem Pferd im Dunkeln. Während ich tief schlief, packte mich eine Hand und zerrte mich auf die Füße. Im flackernden Licht einer Laterne erblickte ich vor mir Don Carmelos Zähne, entblößt zu seinem grausamen Lächeln, und ich hörte ihn zischen, als er auf mich einschlug:

»Weglaufen … wolltest du … und mich allein nach Madrid laufen lassen, kleine schwarze Kröte! Don Diego hat sich geweigert, mir auch nur einen Cent zu zahlen, bevor ich dich gebracht habe! Meine ganze Arbeit und all die Meilen umsonst … und dann die Mühe, dich zu suchen … kleine Spinne! Jetzt wirst du mit mir nach Madrid kommen, an meinen Sattelknauf gebunden!« Er hatte eine Lederpeitsche und mit der prügelte er mich erbarmungslos, bis ich das Bewusstsein verlor und zu Boden fiel.

Ich kann mich nicht an viel entsinnen, was danach passierte. Undeutlich erinnere ich mich an die Landstraße, die ich benommen entlangstolperte, mit einer Leine an seinem Sattel festgebunden. Die Kleidung klebte mir durch das getrocknete Blut an Rücken und Armen. Mein Gesicht brannte, wo die Peitsche mich getroffen und blutige Striemen hinterlassen hatte. Ich erinnere mich an Durst, Fieber und pochende Schmerzen. An Madrid erinnere ich mich überhaupt nicht. Nur noch eine Szene ist mir im Gedächtnis geblieben.

Ich wachte auf und es war dunkel. Ich muss mich auf einem Hof hinter Haushaltsgeräten, Ballen und Kisten versteckt haben. Alles tat mir weh und es fiel mir schwer, zu denken. Ich konnte meinen Verstand zu nichts anderem bringen als zu dem Entschluss, still und verborgen zu bleiben.

Dann hörte ich Schritte und sah den Schein einer Handlaterne, der sich zwischen den Kisten hin und her bewegte. Ich hatte panische Angst, entdeckt und wieder geschlagen zu werden. Aber eine Stimme rief: »Juanico! Komm heraus, bitte. Der Zigeuner, der dir wehgetan hat, ist weggeschickt worden.«

Ich konnte es nicht glauben. Aber die Laterne erfasste mich und leuchtete voll auf mich, wie ich zusammengekrümmt dalag.

»Armer Junge, komm herein. Wir müssen dir zu essen geben und diese Wunden versorgen.«

Man hob mich hoch und führte mich in eine warme Küche. Zuerst erhielt ich eine Schüssel Hackfleisch mit Zwiebeln. Nichts hat mir je so gut geschmeckt. Dankbar aß ich und dachte an nichts Entfernteres als meinen Löffel. Ich wurde immer noch vor Angst von Schluchzern und Schluckauf geschüttelt. Allmählich nahm ich eine ruhige Gestalt neben mir wahr. Ich blickte auf und sah einen sehr jungen Mann mit einem schwarzen Haarschopf und tief liegenden Augen, die mich ernsthaft musterten. Er war klein und schlank und trug gute dunkle Kleidung, aber keinen Schmuck irgendwelcher Art. Ich nahm an, dass er ein Sekretär oder Schreiber im Haushalt war.

»Sag mir«, stotterte ich, »ist der Herr gut? Ist er freundlich? Wird er mich schlagen? Ach, was wird hier mit mir geschehen!«

»Du wirst geheilt und gewaschen werden und erhältst neue Kleider. Du wirst niemals wieder geschlagen werden.«

»Aber der Herr, was wird er mit mir tun?«

»Ich bin der Herr, Juanico. Ich werde mich um dich

kümmern. Du wirst lernen, mir zu helfen. Du wirst dich hier im Hause nützlich machen, aber deine Aufgaben werden nicht zu schwer sein.«

Das war eine lange Rede, wie mir später klar wurde. Der Herr machte nie viele Worte.

Ich zitterte noch und schrie auf, als mir die blutigen Kleidungsstücke abgenommen und die Wunden, die ich von den Schlägen hatte, wieder aufgerissen wurden und erneut bluteten. Das Hausmittel aus Essig und Rindertalg, mit dem sie versorgt wurden, brannte und ich hatte die ganze Nacht Schmerzen und fühlte mich elend. Aber ich war sauber. Ich lag auf frischem Stroh, zugedeckt mit weißen Tüchern, in einer warmen Nische neben der Küche. Und ich war in Sicherheit.

Viertes Kapitel, in dem ich meine neuen Aufgaben lerne

Wenn ich an meine Jugend denke, erinnere ich mich vor allem an den Herrn und sein Atelier.

Innerhalb einer Woche war ich völlig gesund und frisch eingekleidet. Die Sachen gefielen mir, denn der Herr putzte mich nicht wie einen Lieblingsaffen mit glänzenden Seidenstoffen und Turbanen heraus, wie Doña Emilia es in ihrer kindlichen Phantasie getan hatte. Er war selbst ein nüchterner Mensch und hatte kein Interesse an Firlefanz, es sei denn, er musste ihn malen. Er kaufte mir eine gute, praktische Jacke und Kniehosen aus einheimischem, dunkelbraun gefärbtem Wollstoff. Ich fühlte einen Anflug von Widerwillen, als ich sah, wie meine braunen Hände und Handgelenke aus dem braunen Material herausschauten. Ich dachte, ich müsste in diesem Anzug aussehen, als ob ich mit einer zweiten Haut bedeckt wäre. Der Herr selber trat zurück und musterte mich mit einem distanzierten, unpersönlichen Blick.

»Unter den Sachen meiner Tante hat sich ein goldener Ohrring gefunden«, sagte er plötzlich. »Er müsste dir gut stehen.«

»Vielleicht ist es der zweite von einem Paar, das meiner Mutter gehört hat«, erklärte ich. »Die Herrin hat mir einen gegeben, aber ich habe ihn unterwegs verloren. Sie hat gesagt, sie würde den anderen für mich aufbewahren.«

Zweifellos hatte der Zigeuner meinen Ohrring gestohlen, als ich bewusstlos war. Mein *real* war auch weg.

Der Herr brachte das Schmuckstück. Ich nahm es ehrerbietig entgegen und steckte es durch das Loch in meinem Ohr. Es war der Ring meiner Mutter. Ich war froh, ihn gegen meine Wange baumeln zu fühlen. Dem Herrn schien es zu gefallen, das Gold auf all dem Braun glänzen zu sehen.

Ich trug diesen Ring viele Jahre lang, bis ich ihn eines Tages in Italien verkaufte. Aber das war viel später. Zu gegebener Zeit werde ich das erzählen.

Unser Haus war einfach, aber geräumig und bequem. Die Herrin, Doña Juana de Miranda, war eine rundliche, geschäftige kleine Frau und regelte alles sehr emsig und tüchtig. Sie hatte eine Köchin und eine Dienstmagd, auf die sie alle häuslichen Arbeiten verteilte. Ich fragte mich, wie viel genau sie von mir verlangen würde, aber ich hatte keine Befürchtungen deswegen. Ich war entschlossen, zuverlässig und sorgfältig zu sein und alles zu tun, was sie wünschte. Ich war jeden Tag dankbar dafür, einen guten Herrn gefunden zu haben und nie wieder Kreaturen wie Carmelo ausgeliefert zu sein.

Ich aß in der Küche zusammen mit der Köchin, die mich bald mit Leckereien verwöhnte. Und ich hatte ein kleines Zimmer in der Nähe der Küche ganz für mich. Es war für den Schankgehilfen und den Stalljungen eingerichtet worden. Aber der Herr hielt sich weder ein Pferd noch einen

Wagen. Er ging zu Fuß, wenn er irgendwohin musste, und die Herrin mietete einmal in der Woche eine Kutsche, um ihre Besuche zu machen und einzukaufen.

Bald wurde mir klar, dass ich nichts weiter zu tun hatte, als dem Herrn zu dienen. Und er wünschte noch nicht einmal, dass ich ihm beim Anziehen half oder seine Kleider herauslegte. Ich bürstete sie zwar aus und rieb seine Gürtel und Stiefel mit Öl ein. Aber als gute Ehefrau – und vermutlich, weil sie ihren Gatten anbetete und sich gern mit seinen Sachen befasste und sie berührte – nähte und flickte die Herrin seine Wäsche selbst und achtete darauf, dass sie frisch war. Der Herr hatte jedenfalls andere Pläne für mich.

Während dieser ersten Tage in seinem Heim hatte er mir erlaubt, mich auszuruhen und meine Wunden abheilen zu lassen. Sowie ich gesund war, sagte er: »Komm«, und nahm mich mit in sein Atelier.

Das war ein großer Raum im zweiten Stock des Hauses. Er war fast kahl und hatte ein großes Fenster nach Norden, das ein reines, kaltes Licht hereinließ. Mehrere solide, massive Staffeleien standen herum sowie ein oder zwei Stühle. Auf einem langen Tisch befanden sich eine Palette, eine Vase voller Pinsel, Lappen und Leinwandstücke sowie Holz für Rahmen. Im Winter war das Atelier bitterkalt, im Sommer heiß wie ein Ofen. Während der Hitze war es auch voller Gestank, denn wenn die Fenster weit aufgestoßen waren, stieg von der Straße der Geruch von Abfall, Pferdemist und von einer nahen Gerberei herauf. Der Gestank war fürchterlich, aber der Herr bemerkte nie etwas, weder Hitze noch Kälte, noch üble Gerüche oder Staub. Das Einzige, woran er dachte, war das Licht, und das Einzige, was ihn nervös machte, waren Tage mit tief hängendem Nebel oder mit Regen, da beide das Licht, von dem er lebte, veränderten.

Nach und nach machte er mich mit meinen Aufgaben vertraut. Als Erstes musste ich lernen, die Farben zu reiben. Dafür gab es viele Mörser und Stößel in verschiedenen Größen. Ich lernte bald, dass die Erdbrocken und metallischen Verbindungen sanft und stetig bearbeitet werden mussten, bis ein Pulver übrig blieb, das so fein war wie der gemahlene Reis, den die Damen für Wangen und Stirn benutzten. Das dauerte Stunden. Manchmal, wenn ich schon sicher war, dass das Zeug so glatt wie Satin war, nahm der Herr eine Prise, bewegte sie in seinen empfindlichen Fingern und schüttelte den Kopf. Dann musste ich sie noch weiter zermahlen. Später musste das fein geriebene Pulver gut mit verschiedenen Ölen vermischt werden. Und noch viel später richtete ich dem Herrn seine Palette her, jedes Farbhäufchen an seinem festen Platz. Er hatte auch seine Vorstellungen, wie viel von jeder Farbe darauf getan werden sollte. Und natürlich mussten jeden Tag die Pinsel gewaschen werden, mit viel kastilischer Seife und Wasser. Alle Pinsel des Herrn hatten jeden Morgen, wenn er mit der Arbeit begann, sauber und frisch zu sein.

Viel später musste ich lernen, Baumwollstoffe auf die Rahmen zu spannen. Und als ich das heraushatte, wurde ich darangesetzt, das Gleiche mit Leinwand zu tun. Für mich war das die schwierigste Aufgabe überhaupt.

Der Herr ließ alle Werkzeuge für das Aufspannen der Leinwand schärfen und in Ordnung bringen und kaufte mir eine Menge Holz zum Üben. Jedes Mal, wenn ich einen Rahmen anfertigte und die Leinwand darüber spannte, indem ich den Rahmen mit Holzpflöcken feststeckte und die Leinwand um den Rahmen herum nagelte, zeigte er mir die Mängel meiner Arbeit durch seinen Gesichtsausdruck. Eine Zeit lang hatte ich Mühe mit der Bearbeitung des Holzes. Entweder passten die Ecken nicht oder die Seitenteile entsprachen nicht genau den Maßen oder die Pflöcke waren zu grob. Ach, man brauchte Sorgfalt und Überlegung und ich vergoss manche Träne. Doña Emilia hatte nie mehr von mir verlangt, als ihr zuzufächeln, ihr eine Süßigkeit zu reichen oder ihren Sonnenschirm zu halten, bis sie mir das Schreiben beibrachte. Dies aber war Arbeit für einen erwachsenen Mann und ich war verzweifelt, dass ich es nicht lernen konnte.

Als es mir eines Tages zum dritten Mal misslungen war, einen Rahmen fertig zu bringen, auf den der Herr eine gute Leinwand spannen wollte, legte er seine Palette hin, ließ sein Modell auf dem Podest sitzen und zeigte mir, wie es geht. Er hatte schlanke, empfindsame Finger mit dunklen Haaren auf dem zweiten Glied und mandelförmigen Fingernägeln. Viele Frauen wären stolz auf so zarte Hände gewesen. Er schnitt und passte die Stücke so genau zusammen, so leicht, so schnell, dass ich den Mut verlor. Ich hatte so viele Rahmen verdorben. Ich drückte das Gesicht in die Hände und schluchzte.

Sofort hob er meinen Kopf und lächelte ein wenig, nur ein kurzes Aufblitzen weißer Zähne unter dem kleinen dunklen Schnurrbart. Dann eilte er zurück zu seiner Staffelei. Ich nahm Holz und Werkzeug, hielt sie genauso, wie er es getan hatte, und versuchte es noch einmal. Diesmal klappte es. Danach scheiterte ich nie mehr und seit damals habe ich alle seine Leinwände gespannt.

Das war aber nur der Anfang. Nachdem das Tuch einmal ordentlich auf den Rahmen gezogen war, musste es behandelt werden, um die Farbe anzunehmen. Wir hatten dafür viele Grundierungen. Der Herr lehrte mich alle Rezepturen aus dem Gedächtnis. In einer Anwandlung von Begeisterung erzählte ich ihm, dass ich schreiben konnte und dass ich alle Rezepturen aufschreiben würde.

»Nein«, entgegnete er. »Dies sind Berufsgeheimnisse. Behalte sie im Kopf.«

So musste ich mein Gedächtnis trainieren für jede Art von Grundierung der Leinwand, je nach dem Zweck, für den der Herr sie haben wollte.

Gewöhnlich stand er um sechs auf und frühstückte, im Sommer noch früher. Seine Mahlzeit war immer gleich: ein Stück gegrilltes Fleisch auf einer Scheibe Brot. Ab und zu nahm er eine Orange mit ins Atelier und aß sie dort gedankenverloren, während er die Arbeit für den Tag plante. Er liebte das frühe Licht, wenn es noch frisch vom Tau war und noch keine Staubkörnchen darin tanzten. Er blieb ohne Unterbrechung im Atelier, bis am Nachmittag das Licht schwächer wurde. Aber er malte nicht ständig. Er machte Zeichnungen, viele Zeichnungen, obwohl er sie nicht aufhob, sondern wegwarf – es gelang mir, ein paar davon aufzuheben. Er zeichnete so viel, so leicht, so vollkommen, dass er, wenn er schließlich vor einem Rahmen mit vorbereiteter Leinwand stand, die Umrisse des Themas in einer blitzartigen Bewegung mit Kohle skizzieren konnte, ohne je mehr als die kleinste Spur eincr Linie korrigieren zu müssen.

Und oft saß er nur da und starrte auf etwas … einmal auf ein Stück drapierten Samt, einmal auf eine Kupferschüssel, einmal auf mich.

Als ich etwas zutraulicher in seiner Gegenwart geworden war und keine Angst hatte, ihn in seinen Träumereien zu stören, fragte ich ihn, warum er das tat.

»Ich arbeite, Juanico«, war seine Antwort. »Ich arbeite, indem ich schaue.«

Ich verstand das nicht. Deshalb hielt ich den Mund, weil ich glaubte, dass er genau das mit seiner geheimnisvollen Antwort erreichen wollte. Aber etwa eine Woche danach sprach er mit mir, als ob ich gerade erst gefragt hätte, und antwortete: »Wenn ich dasitze und einen Gegenstand betrachte, fühle ich seine Gestalt, so dass ich sie in den Fingern habe, wenn ich beginne, die Umrisse zu zeichnen. Ich untersuche auch die Farben. Zum Beispiel – siehst du das Stück Brokat auf dem Stuhl? Welche Farbe hat es?«

»Blau«, antwortete ich ohne Zögern.

»Nein, Juanico. Es ist mit einem schwachen Blau unterlegt, aber in dem Blau ist auch Violett enthalten, ein ganz leichter Hauch von Rosa und die Glanzlichter sind rot und hellgrün. Schau noch einmal hin.«

Es war die reinste Zauberei. Plötzlich konnte ich sie sehen, die anderen Farben, ganz wie er es gesagt hatte.

»Das Auge ist kompliziert. Es mischt die Farben für dich«, erklärte der Herr. »Der Maler muss sie wieder entmischen und sie Schattierung für Schattierung auftragen. Dann ist das Auge des Betrachters an der Reihe und mischt sie wieder.«

»Ich möchte gerne malen!«, rief ich in meiner Freude über diese Entdeckung.

»Leider kann ich es dir nicht beibringen«, sagte der Herr. Dann verstummte er und kehrte zu seiner Staffelei zurück.

Ich grübelte über diese Bemerkung. Nachts lag ich wach und dachte im Dunkeln darüber nach, denn ich konnte nicht verstehen, warum er nicht mein Lehrer sein konnte. Ich kam zu dem Schluss, dass er hatte sagen wollen: »Ich werde es dir nicht beibringen«, oder: »Ich will es dir nicht beibringen.« Ich vergrub diesen Gedanken tief unten in meinem Bewusstsein, weil er mich so traurig machte. Ich hatte nämlich begonnen ihn zu mögen und wollte ihm die ganze Treue meines Herzens erweisen. Diese Worte aber waren ein kleiner Wurm, der an meiner Zuneigung nagte.

Der Gedanke kam mir immer wieder in den Sinn, während ich Farben rieb, eine Vase oder einen Blumenkrug zurechtrückte, wenn er malte, oder Leinwand auf einen Rahmen spannte. Vielleicht war er einfach nur zu beschäftigt? Das könnte sein. Oder vielleicht widerstrebte es ihm zu unterrichten. Auch das konnte sein. Dann erfuhr ich eines Tages den wahren Grund, wenn auch nicht von ihm.

Unser Leben verlief sehr ruhig. Die Herrin war eine gute und sparsame Hausfrau, die über alle Ausgaben wachte und ständig damit beschäftigt war, zu flicken, zu nähen oder an ihren Teppichen zu arbeiten. Sie war auch fröhlich und lustig und sang oft, während sie durch die Zimmer ging. Die Kinder, zwei kleine Mädchen, Francisca und Ignacia *(la niña)*, waren noch klein und ganz reizend mit ihren großen sanften Augen und dem Kleinkindgeplapper. Der Herr hielt sie oft auf den Knien, beobachtete sie schweigend, tastete mit den Fingern die Rundungen ihrer zarten Kinderwangen nach. Es hätte mich glücklich gemacht, bei der Pflege der beiden Kleinen zu helfen. Aber ich wurde selten dazu aufgefordert. In unserem Haus galt, dass ich dem Herrn gehörte. Das kam mir zupass und in allen Dingen – außer dem nagenden Wunsch zu malen – war ich zufrieden, hatte ich doch allen Grund, einem angenehmen und bequemen Leben entgegenzusehen.

Die Zimmer des Hauses waren groß, gut mit Teppichen ausgelegt und hatten Fensterläden, um im Sommer die starke Sonne und im Winter den rauen Wind abzuhalten. Vorhänge und die Polster der Stühle bestanden überwiegend aus rotem Samt, hier und dort gab es einen Fleck nüchternes Dunkelblau. Über jedem Bett, sogar über meinem, hing ein Kruzifix. Wenn es sehr kalt war, standen in den Räumen zahlreiche Kohlebecken, deren Glut eine sanfte, aber durchdringende Wärme abgab. An den Wänden, die mit Tüchern und Vorhängen bedeckt waren, hing nicht ein einziges Bild des Herrn, sein gesamtes Werk befand sich im Atelier.

Eines Tages rief mich die Herrin und bat mich, ihr beim Aufräumen einer geschnitzten Truhe zu helfen, die am Fußende ihres Bettes stand. Ich dachte, dass sie darin Decken und andere Wollsachen für den Winter aufbewahrte. Aber als sie den Deckel hob, sah ich Seidenstoffe in allen Farben des Regenbogens, die einfach irgendwie hineingestopft und ganz zerknittert waren.

»Hilf mir, das hier zusammenzufalten, Juanico«, wies sie mich an. »Dann ordnen wir sie, die dunkleren Töne nach unten, die helleren nach oben. Dein Herr wird diese Truhe in seinem Atelier aufbewahren. Du musst darauf achten, dass die Stoffe immer in Ordnung sind, und sie zu ihm bringen, wenn er einen Farbtupfer braucht oder ein Tuch, um im Hintergrund das Licht aufzufangen. Du wirst jetzt viel zu tun haben, ihm zu helfen, denn er wird ein paar Lehrlinge einstellen.«

»Ich dachte, er möchte keine Lehrlinge um sich herum haben«, stammelte ich.

»Der Hof hat ihn darum gebeten«, erklärte sie mir. »Dein Herr ist gewissen Leuten bei Hofe sehr verpflichtet und konnte es nicht ablehnen. Außerdem hat er jetzt viele kirchliche Aufträge und kann sie nicht alle selbst ausführen. Er wird Hilfe brauchen für den Hintergrund und Ähnliches und vielleicht auch für Kopien seiner Arbeiten.«

»Ich wünschte, ich könnte auch lernen zu malen!«, platzte ich heraus, ohne daran zu denken, dass ich mir vorgenommen hatte, die Angelegenheit nicht mehr zu erwähnen.

»Ich wollte, du könntest es«, antwortete die Herrin, »aber es gibt in Spanien ein Gesetz, das Sklaven verbietet, eine der Künste auszuüben. Handwerk, einige körperliche Kunstfertigkeiten, ja. Aber nicht Kunst. Sei deswegen nicht traurig. Lehn dich zurück und lass jetzt keine Tränen auf diesen Taft fallen, sie machen sonst Flecken. Ich weiß, dass du Farben magst, Juanico. Du darfst mir helfen, die Farben für meine Stickerei auszuwählen. Und ich werde den Herrn bitten, dass du allein für diese Truhe zuständig bist.«

Mir fiel ein, dass die Herrin Tochter eines großen Malers gewesen war, bevor sie selbst einen heiratete, deshalb glaubte ich ihr.

Das war also der Grund, weshalb man mir nie beibringen würde zu malen, weshalb ich nie in der Lage sein würde, meine Vorstellungen auf Leinwand zu bannen. Ich war traurig, aber ich fühlte zu der Zeit keinen Groll dagegen, ein Sklave zu sein. Ich war weiß Gott glücklich mit dem Herrn und der Herrin. Ich hatte das Gefühl, nützlich zu sein und geschätzt zu werden. Freiheit? Davon hatte ich einen Vorgeschmack auf der Landstraße bekommen und für einen schwarzen Jungen war sie grausam. Ich schluckte meine Enttäuschung hinunter, und während ich die voll beladene Truhe durch die Gänge ins Atelier zog, empfand ich eine Art Trost. Der Herr hatte mir meinen Wunsch nicht aus eigenem freien Willen abgeschlagen, sondern weil ihn das Gesetz dazu zwang.

Am gleichen Tag begannen wir einen Raum für die Lehrlinge herzurichten. Ein Zimmermann wurde gerufen, um Wände einzuziehen, wo einige alte Ställe hinten im Hof auf einer Seite offen waren. Er war ein lustiger Kerl und sang, während er das Holz zuschnitt und einpasste. Nach ein paar Tagen gab es zwei gemütliche Zimmerchen. In jedem stand eine breite hölzerne Bank zum Schlafen und eine gute Kiste mit einem Schloss, in der die Lehrlinge ihre Sachen aufbewahren konnten. Ich hätte auch gerne eine verschließbare Kiste gehabt, aber ich bekam keine. So nahm ich an, dass das auch etwas sei, was Sklaven nicht besitzen dürften. Daher dachte ich nicht mehr daran, sondern kümmerte mich um die anstehenden Aufgaben.

Die Lehrlinge waren natürlich freie weiße Jungen. Aber sie waren dem Herrn besonders verpflichtet und mussten ihm genauso gehorchen wie ich. Genau genommen hatte ich sogar mehr Freiheiten als sie, denn ich gehörte zum Haushalt. Ich besaß das Vertrauen des Herrn und er öffnete sich mir durch vielerlei Vertraulichkeiten. Die Lehrlinge dagegen wurden in einer Beziehung strenger Förmlichkeit gehalten. Für uns alle war er der Herr und Meister, für den Sklaven wie für die weißen Lehrjungen gleichermaßen, denn das bedeutet ›Lehrer, Autorität, Oberhaupt‹.

Einer von unseren Lehrlingen war nur ein paar Jahre älter als ich, ungefähr sechzehn. Er hatte ein rundes Gesicht, rosige Backen, blaue Augen und blondes Haar. Und er hatte das unschuldigste Lächeln der Welt. Er hieß Cristóbal. Sein Vater war Schnitzer, spezialisiert auf religiöse Themen. Zuerst dachten wir alle, dass Cristóbal ein harmloses Seelchen sei. Aber er war ein Intrigant und Unruhestifter. Bald wurde klar, warum sein Vater ihn nicht selbst als Lehrling eingestellt hatte, um ihn das Familienhandwerk zu lehren.

Cristóbal war ein Lügner und ein Dieb. Er nahm immer wieder Dinge weg und tat so, als ob ich sie gestohlen hätte. Der Herr stellte ihm eine Falle, erwischte ihn und drohte, ihn heimzuschicken, damit der Vater ihm eine gute Tracht Prügel verabreichen könne, wenn so etwas noch einmal passieren sollte. Daraufhin ließ Cristóbal mich in Ruhe, wenn er es auch manchmal nicht lassen konnte, mich zu kneifen oder mir ein Bein zu stellen.

Als Cristóbal einmal ein Stück von der azurfarbenen Seide des Herrn gestohlen hatte, hoffte ich, er würde den Jungen endgültig loswerden. Aber er schickte ihn lediglich ohne Essen zu Bett. Der Herr schlug niemals jemanden. Ich denke, er behielt Cristóbal, weil der Junge ein bemerkenswerter Zeichner war. Er konnte schnell skizzieren und mit nur wenigen bezeichnenden Strichen die Bewegung eines Vogels im Flug oder eine Katze einfangen, die nach einer schwebenden Feder sprang. Und seine Porträts zeichneten sich durch so große Ähnlichkeit aus, dass es mir – bei einem so jungen Menschen – wie ein Wunder vorkam.

Eines Abends hörte ich nach dem Essen den Herrn und die Herrin über die Lehrlinge reden, er saß bei seinem Glas rubinroten Weins und ein paar Rosinen.

»Schick ihn nach Hause«, schlug die Herrin vor. »Er macht mich nervös und ich habe Angst, dass er einem der Kleinen wehtut.«

»Das wird er nicht, denn sie würden schreien und ihn verraten. Er ist wirklich hinterhältig«, sagte der Herr traurig.

»Ich mag ihn nicht.«

»Ich auch nicht. Aber er hat eine bemerkenswerte Begabung.«

»Und was ist mit dem anderen, mit Alvaro?«

»Ein guter Junge. Pflichtbewusst, mit guten Manieren, korrekt. Aber er wird nie ein Maler werden. Ein guter Kopist, vielleicht.«

Alvaro war der Sohn eines Sekretärs bei Hofe. Er war klein und mager und stotterte. Außerdem hatte er einen schwachen Magen. Ich mochte Alvaro, aber ich achtete mehr auf Cristóbal. Ich musste das tun, um mich zu schützen, meine Kleidung und die Sachen, die mir der Herr anvertraut hatte.

Wenn er einen Auftrag für ein Porträt hatte – und zu manchen Zeiten im Jahr hatte er viele –, musste ich in der Nähe sein, um auf dem Podium Tische und Stühle für das Modell zu arrangieren. Ich musste zum Skizzieren gutes Papier bereithalten, das auf einer leichten Holzunterlage befestigt wurde. Ich musste Skizzierstifte aus gut gebrannter Holzkohle bereitlegen. Um diese herzustellen, baute ich hinten im Hof ein Feuerchen und schloss es bis auf ein kleines Lüftungsloch ganz mit Ziegeln ein. Dann röstete ich dünne Zweige und Äste aus Olivenholz, bis sie durch und durch verkohlt waren.

Ständig musste ich die Fenster regulieren, damit das Licht immer auf die gleiche Stelle im Kleid einer Dame oder dem Rock eines Herrn fiel. Das war eine heikle Arbeit, die viel Aufmerksamkeit erforderte.

Der Herr war merkwürdig anspruchsvoll in all diesen Dingen, aber wenn die Sitzung begann, wusste nur ich, wie wunderlich er mit seiner Arbeit war. Er hielt immer einen Vorhang bereit, den man über seine Leinwand herablassen konnte, so dass niemand sah, was er machte. Nie erlaubte er den Modellen, seine Bilder zu sehen, bevor sie fertig waren. Oft vergingen Tage und der Herr hatte wenig mehr getan, als vor einem Modell zu stehen, zu überlegen und manchmal ein, zwei Linien zu ziehen.

Wenn er sich aber in Gedanken für jedes Detail entschieden, wenn er die ganze Komposition ausgedacht und die Farben und Linien analysiert hatte, dann nahm er den Pinsel und arbeitete schnell. Er hielt ihn etwa zehn Zentimeter oberhalb der Stelle, wo die Haare begannen. Seine Palette, ein großes, glattes, nierenförmiges Stück Holz, war immer mit Farbhäufchen in gleich bleibender Anordnung vorbereitet. Seinem Daumen am nächsten waren die kühlen Erdfarben, dann wurden sie allmählich wärmer und glänzender, bis sie in einem größeren Klecks Weiß endeten.

Wenn der Herr angestrengt arbeitete, blickte er noch nicht einmal auf seine Palette, sondern tauchte den Pinsel untrüglich in die Farben, die er wollte, nahm die Mengen, die nötig waren, und mischte sie in der Mitte zu den Schattierungen, die er brauchte. Ich habe beobachtet, wie er so immer wieder die gleichen Farbtöne zusammenmischte, ohne hinzuschauen, und sie direkt auf die Leinwand auftrug. Stets waren sie vollkommen.

Seine Pinselstriche wirkten auf der Leinwand ungestüm, grob und unverständlich, wenn man so nahe davor stand wie er. Aber in einiger Entfernung fügten sich diese Punkte und Striche aus cremefarbenem Weiß oder Elfenbein zu einer feinen Spitzenborte oder den zartesten Glanzlichtern auf Satin zusammen. Immer wieder konnte ich dies überprüfen und immer kam es mir wie Zauberei vor. Der Herr äußerte sich nie über mein Erstaunen, aber oft sah ich, wie ein flüchtiges Lächeln den stillen Mund unter dem dunklen, seidigen Schnurrbart kräuselte.

Er redete auch nie, wenn er arbeitete. Es war das Modell, das sprach, und der Herr gab höchstens ab und zu ein Wort von sich, wenn sich ein abwartendes Schweigen einstellte. Dann pflegte er zu murmeln: »Ach ja?«, oder »mag sein« oder »richtig«.

Aber er beobachtete die Menschen sehr genau. Einmal erklärte er mir, als das Modell nach Hause gegangen war und er am Hintergrund des Gemäldes arbeitete: »Ich schaue gern den Menschen zu, wenn sie von sich selbst erzählen, Juanico. Denn dann enthüllen sie dir, wer sie wirklich sind. Frauen, zum Beispiel, lieben sich selbst. Sie sprechen über sich wie über einen geliebten Verwandten, dem man jede Dummheit verzeihen muss. Männer dagegen scheinen sich selber zu bewundern. Sie sprechen über sich wie Richter, die schon das Urteil ›nicht schuldig‹ gefällt haben.«

Ich wagte mich vor: »Ist es nicht schwierig, den Menschen ihr wahres Selbst zu zeigen, wenn Ihr sie malt, Herr?«

»Nein. Niemand weiß, wie er genau aussieht. Bring mir noch etwas von dem Ocker.«

Und er schwieg wieder.

Ab und zu malte er mich, um in Übung zu bleiben. Oder er forderte mich auf, ein schwieriges Material für ihn zu arrangieren.

Nachdem er den Lehrlingen beigebracht hatte, Vasen, Früchte, Käse, Schinken und alle möglichen Gegenstände zu zeichnen, ließ er sie Menschen skizzieren. Ich wurde oft aufgefordert, ihnen als Modell zu dienen. Dann rächte ich mich an Cristóbal und half Alvaro, indem ich mich geschickt drehte, um Cristóbals Zeichnung zu verderben, und ganz still hielt, wenn ich Alvaros Blick auf mir fühlte. Der Herr schimpfte deswegen mit mir und beobachtete mich, aber trotzdem war ich manchmal boshaft. Es tat mir immer Leid, wenn der Herr Alvaros Arbeit kritisierte und Cristóbals lobte. Irgendwann ging er auf den Kummer ein, den mir das machte, und erläuterte seine Gründe.

»Die Kunst muss wahrhaftig sein«, sagte er. »Es ist die

einzige Sache im Leben, die auf feste Wahrheit gegründet sein muss. Sonst ist sie wertlos.«

Eines Tages klopfte es an die Tür. Bald darauf kam die Herrin ins Atelier gerannt, bleich vor Aufregung. Hinter ihr folgte gemessenen Schritts ein Bote des Königs. Er überreichte dem Herrn eine Pergamentrolle, verbeugte sich und ging wieder. Die Herrin lief voraus, ihm die Tür zu öffnen. Die Lehrlinge und ich standen in respektvollem Schweigen, während der Herr das Pergament öffnete und las. Er rollte es wieder zusammen und griff erneut zu Palette und Pinsel. Ich erinnere mich, dass er gerade eine bronzene Vase malte und ich mir große Mühe gegeben hatte, sie so zu bewegen, dass das Sonnenlicht in jedem Augenblick den gleichen Punkt darauf traf.

»Diego!«, platzte die Herrin heraus. »Sag mir's, bitte! Lass mich nicht länger im Ungewissen! Was steht in der Botschaft des Königs?«

»Ich soll sein Porträt malen«, antwortete er schließlich stirnrunzelnd.

»Ah, Gott sei gelobt! Wie wunderbar!«

»Und ich soll ein Atelier im Palast bekommen.«

Die Herrin fiel auf einen Stuhl, der bedrohlich ächzte, und musste sich Luft zufächeln. Kleine schwarze Löckchen lösten sich aus ihrem hochgesteckten Haar und fielen ihr über die Stirn. Die Nachricht bedeutete Zugang zu höfischen Kreisen. Sie bedeutete ein Vermögen, Würde und Ehren, eine Stellung jenseits von allem, was sie sich je erträumt hatte. Der Herr aber war still und bleich, während er fortfuhr, die Vase zu malen. Schließlich murmelte er im Flüsterton, so dass nur ich ihn hören konnte: »Ich hoffe nur, sie haben nicht irgendeinen Höfling losgeschickt, für mich ein Atelier auszusuchen und einzurichten. Es muss Licht haben. Licht. Alles andere ist unwichtig …«

Fünftes Kapitel, in dem Rubens uns am königlichen Hof besucht

Es folgte eine wirre und aufregende Zeit. Aber schließlich waren alle Staffeleien des Herrn, seine Malsachen und die Truhe mit den Seidentüchern, seine Vasen, Stühle und Vorhänge in das Atelier im Palast gebracht und wir fingen mit der Arbeit an.

Unser Haus stand mitten in Madrid nicht weit von der Plaza Mayor auf der Jerónimos-Straße. Jeden Morgen beim ersten Tageslicht überquerten wir nach einem warmen Frühstück den Platz und begaben uns zum Palast. Die Wachen kannten uns bald und schlugen ihre Degen aneinander, so dass wir darunter passieren konnten. Dann gingen wir durch die langen verschwiegenen Korridore, in denen es immer kalt war, trotz der schönen Wandteppiche und Flaggen, mit denen die Wände ausstaffiert waren. Wir stiegen ein breites Treppenhaus hinauf, durchschritten noch einen Arkadengang und erreichten so unser Atelier, vor dem immer eine Wache in königlicher Livree postiert war. Der Herr stand im Dienst der Krone.

Trotzdem bekamen wir Seine Königliche Hoheit für ein paar Wochen nicht zu Gesicht. Oft sahen wir dagegen seinen Günstling, den dicken, plumpen Herzog von Olívares, der, wenn er in Madrid war, mehrmals am Tag ins Atelier gestürmt oder gestapft kam. Er war ein dunkelhäutiger, feister Mann; sein Gesicht war immer mit fettigem Schweiß bedeckt und sein schwarzes Haar war selten ordentlich gekämmt. Über seinem dicken Wanst platzten ihm immer die Knöpfe von den Jacken. Der Herzog machte auf mich einen vulgären Eindruck. Instinktiv misstraute ich ihm, denn bei all seinem Lächeln und gutmütigen Feixen hatte er boshafte kleine Augen. Aber ich verzieh ihm alles, weil er dem Herrn anscheinend aufrichtig ergeben war und ständig verkündete, dass eines Tages ganz Europa vom Namen Velázquez widerhallen würde, dem größten aller Maler.

Ich erinnere mich an den Tag, als Seine Königliche Hoheit zum ersten Mal erschien, um dem Herrn für ein Porträt zu sitzen. Es war Herbst, und das Sonnenlicht, das in unser Atelier drang, war ein bleiches Gold mit einem Hauch Frische. Zuerst kamen zwei Pagen und bliesen auf Trompeten. Es folgten zwei weitere Pagen mit Standarten und dann schritt der König herein. Die meisten von uns ließen sich auf beide Knie nieder. Der Herr hatte anmutig ein Knie gebeugt, mit der rechten Hand berührte er seine Jacke über dem Herzen.

Der König war groß, sehr bleich und hatte eine weißrosa Haut und Haare wie gelbe Seidenstickerei. Es war sehr hell, glänzte sauber und hob und senkte sich mit jedem seiner langsamen Schritte. Er hatte breite Schultern, aber lange, schlanke Beine in dünnen schwarzen Seidenstrümpfen. Sein Gesicht war knochig und hatte einen ziemlich traurigen Ausdruck. Dem Herrn schenkte er ein scheues Lächeln, mit dem er um Anerkennung zu werben schien. Trotz seiner feinen Kleidung und obwohl alle vor ihm niederknieten, trotz der Pagen, Trompeten und Banner merkte ich, dass er sich unsicher fühlte und auf Freundschaft hoffte. Armer König, dachte ich, wenn du den Herrn zum Freund haben möchtest. Er ist gleich bleibend freundlich, aber er ist schweigsam und denkt an nichts anderes als an seine Malerei. Er wird nicht mit dir reden.

Aber vielleicht waren die Ruhe des Herrn, seine sparsamen Gesten und seine wenigen Worte für den König ein Trost. Jedenfalls kam er nun häufiger ins Atelier. Seine Majestät musste offenbar viele endlose Stunden eitlen Geschwätzes und hohler Lobpreisungen über sich ergehen lassen. So hatte er ohne Zweifel gelernt, den goldenen Worten der Höflinge zu misstrauen.

Das erste Porträt, das der Herr vom König anfertigte, war nur eine einfache Studie seines Kopfes. Er ließ ihn das große Gesicht mit den unebenen Zügen ein wenig abwenden, aber die vorsichtigen, hellblauen Augen blickten direkt zum Maler hin. Der Mund über dem schweren, herunter hängenden Kinn war starr, die Lippen zeigten kein Lächeln. Schon dieses erste Porträt ließ die Wahrnehmung des Herrn erkennen: Es war das Gesicht eines misstrauischen, aber empfindsamen Mannes voller Hoffnung.

Es waren merkwürdige Stunden, wenn der König Modell saß. Alle mussten das Atelier verlassen; nur ich durfte bleiben, um dem Herrn frische Holzkohle oder einen neuen

Topf mit frisch angerührter Farbe zu reichen. Der König hatte sehr bald angeordnet, dass uns die Huldigungen erlassen waren, und wir mussten nur unsere erste Verbeugung machen, wenn er eintrat. Der Herr stand gewöhnlich bewegungslos da, schaute und beobachtete. Manchmal arbeitete er konzentriert. Es herrschte völlige Stille. Ich blieb so unauffällig wie möglich und bemühte mich, mit keinem Laut meine Anwesenheit zu verraten. Als ich einmal spürte, dass ich niesen musste, starb ich fast in dem Bemühen, das Niesen zu unterdrücken. Als es mich schließlich doch übermannte und wie eine gewaltige Explosion die Stille zerriss, fühlte ich mich wie ein Verbrecher. Der Herr sagte nichts und blickte nicht einmal zu mir hin. Der König jedoch änderte seine Haltung, holte, wie mir schien, auf Grund einer geheimnisvollen Assoziation ein Spitzentaschentuch aus dem Ärmel und schnaubte sich die königliche Nase.

Gelegentlich teilte der Herr den Vormittag so ein, dass er kurz vor Mittag ein Weilchen frei war. Dann forderte er mich auf, ihn in eines der oberen Stockwerke des Palastes zu begleiten, von deren Fenstern er weit in die Ferne blicken konnte.

»Raum ist Medizin für Augen, die die Dinge immer aus zu großer Nähe betrachten müssen«, erklärte er mir. »Diese weit entfernten Berge geben mir Erholung. Außerdem beobachte ich gerne das Licht.«

Wenn er dann bereit war, wieder hinunterzugehen, wandte er seine Augen von der Landschaft ab und ließ sie nachdenklich auf mir ruhen, und ich konnte immer erkennen, wie sie sich neu einstellten. Seine Augen waren sehr dunkel und lagen tief, so dass man schwer sagen konnte, was er gerade dachte. Außerdem hatte er seinen Gesichtsausdruck diszipliniert, kontrolliert und teilnahmslos gemacht. Man sagt, dass die Spanier erregbare, heftige Menschen sind. Aber das stimmt nicht. Der Herr war so kühl und leidenschaftslos wie ein Porträt und sein Gesichtsausdruck änderte sich nicht.

So verbrachten wir die Tage zusammen bis auf die Zeit des Mittagessens, das der Herr mit seiner Familie einnahm. Ich aß nun bei der Köchin, denn die Lehrlinge wurden im Palast verköstigt. Manchmal wurde der Herr vom König zu einem Staatsbankett oder einer anderen Festlichkeit bei Hofe gebeten. Natürlich konnte er solche Einladungen nicht ausschlagen. Er zeigte dann zwar nie seine Ungeduld, aber ich konnte das Zögern in seinen Fingern spüren, wenn er mir die Pinsel zum Auswaschen gab oder die Palette überließ. Oft seufzte er auch, aber immer gehorchte er mit der ihm eigenen ernsthaften Höflichkeit. Die einzige Person, die seine Beherrschung so strapazierte, dass er sich manchmal auf die Lippen biss, als ob er sich irgendeine zornige Bemerkung verkneifen müsste, war der ungehobelte Herzog von Olívares. Er unterbrach ruhige Gespräche und störte stille Sitzungen mit der ganzen Grazie eines Ackergauls, der zu einem Lieblingstier erhoben ist und sich immer sicher sein kann, dass die Leute froh sind, ihn zu sehen – egal wie viele Rosenbeete er zertrampelt.

Die Winter im Atelier waren streng. Der Herr erlaubte dort überhaupt keine Heizung. Ich fragte mich oft, wie er mit so kalten Händen überhaupt weitermalen konnte. Die Lehrlinge hatten gestrickte Handschuhe, denen die Fingerspitzen abgeschnitten waren. Die Herrin trug auch im Hause immer ihren Muff an einem Band um den Hals, und wenn sie nicht beschäftigt war, steckte sie sofort die Hände hinein. Ich dagegen bat die Köchin um eine Schüssel heißes Wasser. Darin taute und wärmte ich meine Hände, bis ich sie nach einem langen frostigen Tag im Atelier wieder bewegen konnte.

Nachts jedoch hatten wir es warm. Die Herrin gab uns allen mollige Wolldecken. Beim Abendessen saßen sie und der Herr mit den Füßen unter einer langen Tischdecke aus Filz. Die reichte bis auf den Boden und darunter stellte sie ein Becken mit glühenden Kohlen, um ihre Beine warm zu halten. Die kleinen Mädchen blieben viel im Bett und durften nur herumlaufen, wenn die Sonne kräftig schien.

Dann verlor die Luft langsam und allmählich ihre Kälte, der Wind blies weniger eisig von den schneebedeckten Bergen, die Steine des Palastes gaben ihren frostigen Atem auf, und mit Regen und Pfützen, Gespritze und Schlamm kam der Frühling. Oh, wie ich ihn liebte. Plötzlich gehörte uns wieder den ganzen Tag lang die Welt der Geräusche, wenn die Leute auf den Straßen schrien, Kaufleute ihre Waren anpriesen, Pferde und Wagen vorbeiklapperten. Der Herr wickelte die Tücher ab, die er den ganzen Winter um den Hals getragen hatte, und entledigte sich, eins nach dem anderen, der schweren Kleidungsstücke, die ihm den falschen Anschein von Korpulenz gegeben hatten.

Mit dem Sommer kam die glühende Hitze, die von einem wolkenlosen Himmel auf uns niederbrannte. Es wurde Mode, nach Luft zu schnappen, sich zuzufächeln und so zu tun, als ob man vor Hitze ohnmächtig würde. Nicht so in unserem Haus! Wir stammten aus Sevilla und liebten die kupferrote Sommersonne. Der Herr arbeitete dann in einem Batisthemd, mit unbeengten Armen, die Ärmel bis über den Ellbogen aufgerollt, und machte große runde Bewegungen mit dem Pinsel. Im Sommer malte er immer ganz überschwänglich.

So gingen die Jahre vorüber und ich wurde älter. Ich merkte es daran, dass ich mich rasieren musste. Der Herr gab mir ein feines Rasiermesser mit derselben Stahlklinge aus Toledo wie sein eigenes. Meine Stimme wurde tiefer und voller. Der Herr hörte mir gerne zu, wenn ich während der Arbeit sang.

Ich erinnere mich an einen Tag im Jahr 1628. Seine Majestät erschien hinter den Pagen und Trompetern in einem Gewand aus meerblauem Samt mit einem breiten Spitzenkragen. Nicht oft war er so förmlich. Der Herr ahnte eine Ankündigung von großem Gewicht, legte Pinsel und Palette beiseite und fiel aufs Knie, um die Nachricht abzuwarten.

Der König half ihm auf und ließ seine zarte weiße Hand

auf der Schulter des Herrn, die in schwarzen Samt gekleidet war.

»Der Maler Rubens kommt unter dem Schutz des Regenten der Niederlande hierher an den Hof«, sagte er in seiner weichen, stotternden Stimme mit dem leichten Lispeln. »Er wird ein großes Gefolge von Dienern und Sklaven mitbringen und ich werde ihnen allen Wohnungen im Palast anweisen. Rubens ist, wie sie behaupten, der größte Maler Europas. Ich hätte gerne, dass Ihr, Don Diego, sein Führer und Betreuer seid während der Tage, die er bei uns in Madrid weilt.«

»Es wird mir eine Ehre sein«, antwortete der Herr.

Der König fuhr fort: »Ich werde am Abend seiner Ankunft einen Empfang und ein Bankett geben und anschließend einen Hofball. Ich hoffe, dass sich Madame Velázquez wohl genug befindet, um daran teilzunehmen.«

Der König wandte sich um und wollte gehen. Die Trompeter hoben schon ihre goldenen Instrumente an die Lippen, aber der König kam wieder zurück und legte noch einmal die juwelengeschmückte Hand auf die Schulter des Herrn.

»Ich kann mir nicht vorstellen, dass er ein besserer Maler sein sollte als Ihr, Diego. Ich glaube es nicht. Aber wir werden ihm gewähren, was er erwartet.«

»Ich werde gerne von ihm lernen«, sagte der Herr bescheiden.

Ich nahm an, dass er lediglich höflich war, denn so war er von Natur aus. Aber wieder einmal erfuhr ich etwas

Neues über den Mann, dem ich gehörte. Er brachte seiner Kunst den höchsten Respekt entgegen, indem er sie nie als selbstverständlich betrachtete. Solange er lebte, immer bemühte er sich dazuzulernen, um ihr noch besser dienen zu können.

Gleich am Tag nach dem ersten großen Staatsbankett und dem Empfang kam Rubens das Atelier des Herrn besuchen. Er war ein großer, blühender, ansehnlicher Mann mit breiten Schultern und großem Leibesumfang, mit lockigem rotgoldenen Haar und einem goldenen Vollbart. Nach den ersten Verbeugungen und Komplimenten musste ich mir die Hacken ablaufen, um neue Pinsel, frisch gespannte Leinwand und Farblappen zu holen, damit Rubens vormachen konnte, wie er Haar malte, wie er mit Stoffen umging, wie er jene glühenden Fleischtöne aufbaute, für die er so berühmt war.

Sie sprachen unbefangen miteinander. Rubens redete flüssig, obwohl er für unsere Sprache eine ungelenke Zunge hatte.

»Könnt Ihr ein nacktes Modell holen lassen, eine Frau?«, fragte Rubens leichthin. »Dann könnte ich Euch meine Methoden richtig vorführen.«

Der Herr schreckte zurück. Unser Hof war prüde und der Herr malte nie nach einem nackten Modell.

»Das ist nicht möglich«, erklärte er. »Seine Majestät ist sehr heikel in diesen Dingen. Wir könnten aber das Atelier eines Schnitzers besuchen, den ich kenne; er hat manchmal leicht bekleidete männliche Modelle. Allerdings haben unsere sehnigen, sonnenverbrannten Landbewohner, nach denen er arbeitet, wahrscheinlich nicht die Fleischtöne von Porzellan und Rosa, die Eure eigenen Bilder zeigen«, fügte er abwiegelnd hinzu.

»Meine Gönner haben mir oft von den Begabungen dieser spanischen Künstler erzählt, die religiöse Figuren schnitzen«, erklärte Rubens eifrig. »Ich würde gerne einem bei der Arbeit zuschaun.«

Durch Vermittlung des Herzogs von Olívares konnten sie am nächsten Tag das Atelier von Gil Medina besuchen, der viele Lehrlinge mit Holz und Stein arbeiten ließ. Ich ging mit und trug das Skizzenbuch des Herrn.

Wegen des religiösen Charakters seiner Arbeit hatte ein Kloster Meister Medina einen seiner geräumigen Innenhöfe überlassen. Es war ein herrlicher Arbeitsplatz, besonders weil einige Bildwerke einen gewaltigen Umfang hatten und außergewöhnliche Anforderungen an die Höhe der Decke selbst in sehr großen Räumen gestellt hätten.

Der Herzog von Olívares stolzierte mit seinem seltsam schlingernden Gang voran. Den breitkrempigen dunkelgrünen Hut hatte er auf den Hinterkopf geschoben, so dass ihm dessen Federn auf den Kragen herabhingen. Ein knorriges Männchen mit dem Gesicht eines Frettchens, nicht einmal so groß wie ich, trat vor und verbeugte sich tief vor ihm.

Der Herzog stellte ihn vor: »Dies ist unser Bildhauer, ein gläubiger Christ und der beste Holzschnitzer in Europa. Don Gil, dies ist der große Peter Paul Rubens, Maler beim

Regenten der Niederlande. Und hier unser eigener Hofmaler, Don Diego Rodríguez de Silva y Velázquez.«

Der Schnitzer rieb die Hände und murmelte: »Wie kann ich Euer Ehren zu Diensten sein?«

Rubens antwortete: »Ich würde gern Eure Arbeit sehen. Aber lasst Euch nicht stören. Ich werde einfach umhergehen.«

»Mein Haus ist Euer Haus«, entgegnete Gil Medina nach spanischer Sitte.

Während der Herr und Rubens umherschlenderten, blieb ich etwas zurück und beobachtete die Lehrlinge. Die meisten waren kleine Jungen, noch keine sechs Jahre alt. Sie lernten an markierten Linien entlang in weichem Holz zu schnitzen. Die älteren, die schon geschickter waren, saßen an Werkbänken und arbeiteten an großen Entwürfen. Ein paar Tische waren mit sorgfältigen, maßstabgetreuen Zeichnungen bedeckt. An den Wänden standen Figuren aller Art, von der Gottesmutter und den Heiligen in wehenden Gewändern über Engel, die im Begriff waren, sich auf großen gefiederten Schwingen in die Luft zu erheben, bis zu Kruzifixen. Die Letzteren und ein paar Statuen des heiligen Sebastian und eines anderen Heiligen, den ich nicht identifizieren konnte, waren die einzigen Figuren, die bis auf ein Schamtuch unbekleidet waren. Ich sah, wie Rubens stehen blieb und sie genau und sorgfältig betrachtete. Er fuhr mit den Fingern über die Schnitzerei. Dann trat er zurück, um die vollkommenen Proportionen zu bewundern. Ich konnte nicht alles hören, was er sagte, aber als der Herzog von Olívares antwortete, verstand ich es. Seine dröhnende Stimme hätte eine ganze Meile weit getragen.

»Nun, ich schicke Meister Medina öfters einen Verbrecher, der zum Tode oder zur Galeere verurteilt ist, so dass er direkt nach der Natur arbeiten kann. Unsere Landsleute sind gewöhnlich zu stolz, um so zu posieren. Aber wenn ein Mann auf die Galeeren geschickt wird, ist er froh, wenn ihm ein paar Jahre von seiner Strafe erlassen werden. Ich arrangiere das dann, wenn er bereit ist, unserem Bildhauer einen Gefallen zu tun, indem er sich für einige Stunden kreuzigen oder auf der Folter strecken lässt. Meister Medina erhält diesen wundervollen Ausdruck von Qual von den Gesichtern richtiger Menschen, das versichere ich Euch! Natürlich nageln wir niemanden wirklich ans Kreuz. Aber selbst wenn man mit starken Seilen aufgehängt wird, ist das eine schmerzhafte Tortur!«

Ich, Juan de Pareja, habe diese Worte mit eigenen Ohren gehört und das Herz wurde mir schwer. Rubens antwortete ruhig: »Die Diebe wurden also gekreuzigt«, sagte er. »Nicht mit Nägeln, sondern indem sie am Kreuz aufgehängt wurden.«

»Ganz richtig«, antwortete Medina.

Rubens fuhr fort: »Ich verstehe, wie Ihr lebende Modelle beobachtet, um den Gesichtsausdruck Christi zu finden, als er noch lebte. Aber wie bekommt Ihr Eure Inspiration hierfür?«, fragte er und zeigte auf eine große Schnitzerei des Gekreuzigten, der überlebensgroß in der schlaffen und völligen Resignation der Toten am Kreuz hing.

Der Herzog lachte sein lautes brüllendes Gelächter. Er beugte sich näher zum Herrn und zu Rubens und flüsterte ihnen etwas zu, was ich nicht hören konnte. Dann gab er ihnen ein Zeichen und führte sie in einen anderen Gang und durch eine Tür in einen weiteren Hof. Ich wollte ihnen folgen, denn ich hatte die Anweisung, stets in der Nähe des Herrn zu bleiben – ich trug immer einen Beutel mit zusätzlichen Taschentüchern für ihn und Geld, da ein Herr selten Kleingeld bei sich hat, sowie seine Skizziersachen. Aber Meister Medina hielt mich zurück. Die Tür schloss sich hinter dem Herrn und Rubens.

»Bleib hier. Sie kommen wieder«, sagte Meister Medina. Dann kehrte er an seine Arbeit zurück und schnitzte das Gesicht eines Engels zu Ende. Ich schlenderte fort. Aber bevor der Herr zurückkehrte, kam einer der Lehrlinge zu mir und flüsterte: »Sie haben einen Sterbenden gebracht und der Meister hat ihn ans Kreuz gehängt und er ist dort gestorben. Wir haben alle Skizzen gemacht. Der Herzog wollte das so.«

Ein Gefühl der Furcht überwältigte mich.

Der kleine Lehrling lachte und schaute mich listig an.

»Er wäre sowieso gestorben. Er war zur Folter und zum Tode verurteilt. So hatten wir noch den Nutzen davon.«

Jetzt kamen sie aus diesem inneren Hof zurück. Das Gesicht des Herrn war ausdruckslos. Und ich konnte ihn nicht fragen, was man ihm gezeigt hatte. Mich beschäftigte, ob ich je die ganze Wahrheit über die Angelegenheit erfahren würde. Vielleicht hatte der Lehrling gelogen, um sich über mein schockiertes Entsetzen zu amüsieren. Junge Leute zogen mich oft so auf. Ich war ein Sklave und konnte mich dagegen nicht wehren. Aber ich will gerecht sein. Ich hätte auch nicht mit ihnen gekämpft, wäre ich frei gewesen. Ich wäre vor ihnen davongelaufen, weit weggelaufen. Grausamkeit hat mich immer mit Abscheu erfüllt.

Wir gingen in den Palast zurück. Der Herr entließ mich und sagte mir, ich könnte nach Hause gehen und mich ausruhen.

Ich lag auf meiner Pritsche und versuchte zu schlafen. Aber dauernd sah ich in einer Folge von Bildern die Gesichter von Gil Medina mit seinen gierigen Wieselaugen, die Skulptur des leidenden Gekreuzigten und die habsüchtigen, grausamen jungen Gesichter der Lehrlinge.

An diesem Abend gab es im Palast ein weiteres Bankett und ich sollte zur Bedienung des Herrn mitgehen. Sobald die Sonne tief am Horizont stand, erhob ich mich daher, wusch mich und richtete mich her. Der Herr kam gerade aus seinem Schlafzimmer, wie immer in Schwarz gekleidet. An diesem Abend war sein Anzug aus schwerem Brokat und mit glänzenden Knöpfen aus geschnitztem Jett geschlossen. Auf den Schultern lag ein großer Leinenkragen, so fein, dass man eine Hand dadurch hätte sehen können. Sein weiches dunkles Haar war aus der Stirn zurückgekämmt und fiel ihm in Wellen ins Genick. Er trug keinen Schmuck irgendwelcher Art.

»Gut, Juanico. Komm mit. Wir gehen und schauen, was die Lehrlinge gemacht haben, bevor wir zurückkommen, um die Herrin zu holen. Sie fühlt sich nicht wohl, aber sie besteht darauf, zum Bankett zu gehen. Du musst für sie ein Fläschchen starkes Parfüm zum Riechen mitnehmen und einen Fächer.«

Als wir vor den Arbeiten der Lehrlinge standen, betrachtete der Herr gründlich, was sie gemacht hatten. Dann nahm er einen Pinsel und machte einen vernichtenden roten Strich durch Cristóbals Bild und stand schweigend vor Alvaros. Das bedeutete ein Lob. Ihre Aufgabe hatte darin bestanden, ein Stillleben zu malen, ein Stück schimmeligen Käse, Wein in einem Glas und einen harten Kanten Brot. Cristóbals Gemälde war schön. Der Wein glühte rubinrot durch das Kristallglas, der Käse sah golden und cremig aus und das Brot lag im Schatten. Alvaros Bild zeigte den Käse trocken und mit grünem Schimmel bedeckt, so wie er tatsächlich war, und außerdem hatte er eine große, hässliche Kakerlake darauf gemalt.

»Der phantasielose Alvaro«, kommentierte der Herr lächelnd. »War da eine Kakerlake?«

»Ja, Herr.«

Ach, wie dumm, dachte ich. Er hätte sie verscheuchen sollen, nicht malen.

Cristóbal war mürrisch. »Ich hätte gerne respektvoll gefragt«, sagte er in keineswegs respektvollem Ton, »warum mein Bild zerstört worden ist?«

»Um dich zu lehren, nicht zu beschönigen. Es ist eine große Versuchung.«

Cristóbal kämpfte mit sich, nichts weiter zu sagen, aber

er konnte sich nicht zurückhalten. Er blickte den Herrn mit rebellischen Augen an.

»Ich dachte, Kunst sollte Schönheit sein«, murmelte er.

»Nein, Cristóbal. Kunst sollte Wahrheit sein. Und Wahrheit, ungeschminkt und frei von Sentimentalität, ist Schönheit. Das musst du lernen, Cristóbal.«

Der Junge war verletzt und zornig. Offensichtlich hatte ihm sein Bild gefallen und er hatte Lob erwartet. Alvaro dagegen saß verblüfft hinter seiner Staffelei.

»Alvaro ist ehrlich gewesen und sein Bild ist voll Wahrheit. Sagt euch selbst: ›Ich möchte lieber ganz genau malen, was ich sehe, selbst wenn es hässlich ist. Und zwar möchte ich das vollkommen malen und nicht gleichgültig nur das, was oberflächlich lieblich ist.‹ Sagt euch: ›Kunst ist Wahrheit, und um der Kunst zu dienen, will ich niemals täuschen.‹«

Ich weiß nicht, ob die beiden Jungen sich an diese Worte noch erinnern. Ich jedenfalls habe sie nie vergessen.

Sechstes Kapitel, in dem ich mich verliebe

Von vielen Menschen habe ich erzählt, aber nur wenig von mir selbst. Nun will ich eure Aufmerksamkeit auf mich lenken, denn am Abend dieses Banketts ereignete sich etwas, was ich all die Jahre im Herzen bewahrt habe.

Es war ein großes formelles Abendessen im weitesten und glänzendsten Saal des Palastes. Die Herren und Damen, die sich Sklaven hielten, hatten sie, wie es Brauch war, mitgebracht, damit sie hinter ihren Stühlen stehen und sie jederzeit bedienen konnten, indem sie ihnen zum Beispiel Taschentücher reichten, den Damen zufächelten oder eine zu Boden gefallene Haarnadel aufhoben. Einige der reichen Aristokraten wurden von Verwandten begleitet, aber nicht wenige hatten einen oder zwei Sklaven dabei.

Ich kannte ein paar junge Negersklaven, die als Kammerdiener für ihre Besitzer ausgebildet wurden. Die Mädchen lernten oft zu nähen und wurden geschickte Schneiderinnen, wie es meine Mutter gewesen war. Andere waren als eine Art Erzieherin verantwortlich für die Kinder im Haus und dienten, wenn nötig, als Krankenpflegerinnen.

Als ich an diesem Abend hinter dem Stuhl einer Dame aus Rubens' Gefolge stand, erblickte ich ein Mädchen in etwa meinem Alter, zart, bleich und zierlich, aber mit den dunklen Augen und dem streng gekräuselten Haar meiner Rasse. In den Händen hielt sie ein Saiteninstrument, das mit breiten Seidenbändern von ihrem Hals hing, so dass die Hände frei waren, um auf den goldenen Saiten der Lyra zu spielen.

Als die Fleischgerichte eingenommen und abgetragen waren und die Süßspeisen und Früchte hereingebracht wurden, gab die Herrin des Mädchens ein Zeichen. Ruhig hielt das Mädchen das Instrument und begann darauf wohlklingende Akkorde zu schlagen, während sie nach oben blickte, als ob sie nachdächte und auf eine Eingebung für ihren Einsatz wartete. Dann stimmte sie einen fremdartigen, vibrierenden Gesang an mit einer Stimme, die so hoch und silbern klang wie die Töne, die sie von den Saiten zupfte.

Ich nehme an, dass die kleine Sängerin, eine Afrikanerin in all ihrer Schönheit, unter Arabern gelebt hatte. Vielleicht hatte sie sogar arabisches Blut in den Adern. Ihr Lied war wie deren Musik, eine klagende, endlose Melodie, jeder Ton in ihrer pochenden Kehle geformt und dann ausgeschickt, um sich in einem kunstvollen Flechtwerk taumelnder Verzierungen dahinzuschlängeln. Sie sang mit geschlossenen Augen, ihr Gesicht eine Maske voll Kummer und Sehnsucht. Woran sie wohl dachte – ein verlorenes Heim, liebe Menschen, die sie nie wieder sehen würde? Ich konnte ihr Lied kaum ertragen, so schön es auch war, denn es war voll unbeantworteter Fragen und mein Herz wurde von Trauer durchdrungen.

Als sie geendet hatte, applaudierte ihr die Gesellschaft

begeistert und man konnte unter dem Beifall aufgeregte Bemerkungen hören. Sie wartete mit gesenktem Kopf, bis wieder Stille herrschte. Dann schlug sie ein paar Akkorde an, fand sofort einen pulsierenden Rhythmus und vor diesem Hintergrund sang sie mit einer fröhlichen, kecken Stimme ein Lied, einen dünnen, klaren Strom hoher Töne. Ab und zu hielt sie inne, trommelte mit den Fingern und der Handfläche auf das Holz ihres Instruments und dann blickte sie auf zu der Gesellschaft. Als sie ein drittes Lied forderten, sang sie eine langsame tiefe Klage, eindringlich und voller Kummer.

Die Sprache ihres Gesangs verstand ich nicht und nie zuvor hatte ich eine derartige Musik gehört. Und doch verstand ich sie. Sie sprach zum Blut in meinen Adern und erzählte von Trennungen und Abschieden, die ich in meinem eigenen Fleisch zu kennen glaubte.

Am nächsten Tag versuchte ich auf jede erdenkliche Weise das Mädchen wieder zu sehen. Ich machte tausend Ausflüchte, um in der Nähe der Korridore zu sein, wo Rubens' Begleitung untergebracht war. Aber ich hatte kein Glück. Nur durch Zufall erfuhr ich, dass sie Miri hieß.

Ich musste dauernd an sie denken und konnte nur mit Mühe meine Aufgaben erfüllen. Der Herr blickte mich des Öfteren streng an und mehr als einmal musste er eine Aufforderung an mich wiederholen. Miris Gesicht, ihr gesenkter Kopf auf dem schlanken Hals, ihre großen dunklen Augen, ihre schmalen Hände, der Zauber ihres Gesangs – all dies füllte meine Gedanken aus.

Kurz darauf kam die Herrin herein. Sie unterbrach den Herrn beim Malen. Er beschäftigte sich nämlich mit irgendeiner Arbeit, während er auf Nachricht von Rubens wartete wegen eines weiteren Besuchs, den dieser machen wollte. Die Herrin sagte, dass soeben eine Notiz von Rubens gebracht worden sei. Während der Herr sie las, schaute mich die Herrin an. Seufzend zerstieß ich einige dunkle Erdfarben in einem Mörser.

»Ich glaube, Diego, Juanico ist verliebt«, bemerkte sie. »Armer Junge«, sagte sie und blickte mich mitfühlend an. »Liebe ist fürchterlich.«

Was sie sagte, verschlug mir die Sprache. Aber sofort wusste ich, dass es die Wahrheit war. Ja, Liebe war fürchterlich, wenn sie solche Qual bedeutete. Der Herr sagte: »Schick den Boten bitte zurück, meine Liebe. Ich werde unverzüglich Juanico mit einer Antwort senden.«

Er malte etwa eine halbe Stunde lang weiter, während ich wie auf glühenden Kohlen darauf wartete, dass ich mit seiner Nachricht losgeschickt würde, denn ich hoffte, dass ich einen Blick von Miri erhaschen könnte. Dann setzte er sich seelenruhig hin, schrieb ein paar Worte und signierte, wie er das bei seinen seltenen Briefen tat, mit »V«.

Ich bin sicher, der Herr erahnte meine Leidenschaft und wollte mich schicken, damit ich dem Mädchen nahe sein konnte, das mein Herz erobert hatte. Ich hatte gewusst, dass er ein gütiger Mensch war. Aber mir war noch nicht klar geworden, was er alles auf seine stille Art tat, um anderen eine Freude zu machen.

Ich nahm sein Briefchen, aber bevor ich damit zu Rubens lief, stürzte ich weg, um mir die Hände zu waschen, meine Schuhe abzustauben und meine Kleidung zu ordnen. Wie froh war ich, dass der Herr mich wie einen Mann kleidete und nicht in den Turbanen und fließenden Gewändern eines Fakirs oder Clowns.

Die Wachen ließen mich überall passieren. Sie brauchten nur das »V« unter der Botschaft zu sehen. Schließlich stand nur noch ein großer, blonder, holländischer Majordomus zwischen mir und Rubens. Ich verlangte, sofort zum Meister selbst gebracht zu werden. Der Majordomus bellte etwas auf Flämisch und von innen brüllte Rubens' Stimme eine Antwort: »Lass den Jungen sofort herein! Ich erwarte Antwort von Meister Velázquez!«

Während ich eintrat und noch bevor ich den Maler erblickte, stürzte eine holländische Dame, deren hellblaues Seidenkleid über den Steinfußboden des Korridors schleifte, mit einer Schüssel aus einem der Zimmer. Eine andere Dame in Weiß versuchte sie zu trösten. Ich hörte, wie sie leise miteinander sprachen.

»Was ist los?«, rief Rubens ihnen zu. Die Dame in Weiß antwortete: »Es geht um das Sklavenmädchen, Miri. Sie hat wieder einen Anfall gehabt und die Herrin ist außer sich.«

»Warte, ich will noch etwas zu dieser Nachricht dazuschreiben«, sagte mir Rubens. Er setzte sich, schrieb eilig und sagte zu mir: »Wir brauchen hier einen Arzt. Ich hoffe, dein Herr wird dafür sorgen, dass uns so bald wie möglich ein guter Arzt aufsucht.« Ich rannte in höchster Verwirrung den ganzen Weg zu unseren Gemächern und kam dort keuchend und atemlos an.

»Geh und hole Dr. Méndez und bringe ihn zu Rubens«, trug mir der Herr auf. »Du weißt, wo er ist.«

Wieder stürmte ich los. Ich hatte schon oft Dr. Méndez geholt, denn Ignacia, *la niña*, litt an Hustenanfällen, die die Herrin jedes Mal fast zu Tode ängstigten.

Dr. Méndez war ein bleicher, magerer Mann, dessen Augen immer dunkle Schattenränder hatten. Er sah aus, als ob er nie genug Schlaf bekam, und vielleicht war es auch so. Ich wusste, dass er aus einer zum Christentum übergetretenen Familie stammte, und man sagte, dass er über die ganze Gelehrsamkeit der jüdischen und arabischen Ärzte verfügte. Auch der König war ihm gewogen und konsultierte ihn häufig.

Ich fand Dr. Méndez in seinem Laboratorium, wo er etwas in einem Kolben über einer heißen blauen Flamme kochte. Sein Tisch war voll von Mörsern, Kochtiegeln und Arzneiflaschen. Er stellte alle seine Heilmittel und Salben selber her und erlaubte niemandem, ihm zu helfen, aus Angst, man könnte einen Fehler machen. Ich musste warten, bis das, womit er gerade beschäftigt war, genau den richtigen Punkt erreicht hatte. Dann stellte Dr. Méndez es beiseite, setzte seine Brille auf und wandte sich zu mir. Ich richtete ihm die Botschaft aus. Darauf beeilte er sich tatsächlich, packte im Nu sein Köfferchen und rannte zur Türe hinaus.

Als wir zu Rubens' Gemächern kamen, folgte ich dem Arzt gleich in das Krankenzimmer. Bei der ganzen Aufregung dachte niemand daran, mich aufzuhalten.

Meine schöne Miri lag halb aufgestützt auf einem Lehnstuhl. Ihr Kopf hing nach einer Seite, auf ihren Lippen stand Schaum und ihre Augen hatten sich so nach oben gedreht, dass man nur das Weiße sehen konnte. Die Arme hingen ihr lose an den Seiten herunter, ihre Hände zitterten und flatterten an den Handgelenken wie Blüten auf einem zarten Stängel.

Mit einer Geste veranlasste der Arzt die aufgeregten Damen zurückzutreten. Dann entkorkte er eine Flasche und schwenkte sie unter Miris kleiner Nase hin und her. Fast augenblicklich bewegte sie den Kopf, würgte und hustete. Er folgte weiterhin mit der geöffneten Flasche ihrer Nase, bis sie sich aufrichtete und sich ihre Augen wieder normal einstellten. Furchtsam starrte sie um sich, dann stiegen ihr dicke Tränen in die Augen und flossen über.

»Oh weh, Herrin«, rief sie, »ist es wieder passiert?«

Die Dame in Blau kam zu Miri, fasste ihre Hand und drückte sie mitfühlend.

»Du machst mir nur solche Angst, Miri!«

Sie sprachen in dem merkwürdigen Spanisch des flämischen Hofes, aber ich konnte sie verstehen.

»Ich schäme mich so«, schluchzte Miri, versteckte ihr Gesicht in den Händen und versuchte sich in dem großen Stuhl ganz klein zu machen. Dr. Méndez tätschelte aufmunternd Miris Schulter und packte sein Fläschchen ein.

»Ich hätte sowieso nicht viel tun können. Es ist die Fallsucht, nicht wahr?«

»Ja. Sie stößt einen fürchterlichen Schrei aus und fällt hin und dann windet sie sich und ihre Augen drehen sich nach oben und sie bekommt Schaum vor dem Mund. Sie quält sich so …«

»Wir kennen kein Mittel, ihr zu helfen«, sagte Dr. Méndez traurig. »Versucht sicherzustellen, wenn sie ihren Warnschrei ausstößt, dass sie nicht auf etwas Hartes fällt oder ins Feuer. Und tröstet Euch, Madame. Ich glaube nicht, dass sie wirklich leidet außer hinterher, wenn sie sich sorgt, dass sie Euch beunruhigt und Euch Angst gemacht hat.«

»Ich habe solche Angst«, jammerte Miri, »denn ich bin eine Last und Aufregung für die Herrin, und eines Tages wird sie meiner überdrüssig werden … und mich verkaufen.«

»Aber, aber«, beruhigte sie die Herrin. »Sag nicht solche Sachen, Miri.«

Miri aber, meine Liebe, meine Schöne weinte untröstlich weiter.

Ich war selber sehr glücklich und dankbar, einen so gütigen Herrn wie Don Diego zu haben. Ich war nicht wirklich unglücklich darüber, ein Sklave zu sein, abgesehen davon, dass es mich am Malen hinderte. Jedes Leben hat seine Nachteile. Aber mir fiel auf, dass Miris Herrin nicht versprochen hatte, sie nicht zu verkaufen, und vielleicht … Wie das Herz der armen Miri krampfte sich auch meines aus Furcht zusammen. Es wurde von dem Stachel durchbohrt, der nahe am Herzen jedes Sklaven liegt: Werde ich eines Tages verkauft?

Ich war über die Trennung von Miri todunglücklich, denn ich wusste, dass ich sie nie wieder sehen würde. Rubens und sein ganzes Gefolge verließen nämlich bald darauf den Hof, um nach Italien zu reisen. Die Furcht, die sie mich gelehrt hatte, ließ sie jedoch bei mir zurück: Jeder ferne Gesang, jeder silberne Ton auf einem Psalter riefen mir ihren trostlosen Ausruf ins Gedächtnis: »Die Herrin wird meiner überdrüssig werden … und mich verkaufen …«

Kinder, erzählt man mir, wachen oft weinend auf, weil sie geträumt haben, dass ihre Mutter oder der Vater tot seien.

Nun erwachte ich oft weinend und entsetzt. Ich hatte geträumt, dass ich verkauft wurde.

Siebtes Kapitel, in dem ich nach Italien reise

Die Monate vergingen und zunächst dachte ich jeden Tag an Miri. Aber die Zeit ist ein großer Betrüger, der uns dazu bringt, uns mit einem Verlust abzufinden. Ich war jung und ein junges Herz kann nicht auf Dauer traurig bleiben.

Wir hatten nun im Palast in der Nähe des Ateliers ein Gemach. Dort konnte der Herr ruhen, die Herrin mit ihren Näharbeiten sitzen und die kleinen Mädchen spielen und einen Ball auf dem Boden hin und her rollen. Die beiden Töchterchen wuchsen heran und wurden mit jedem Tag lebhafter und unterhaltsamer. Ich hatte die schwierige Aufgabe, sie vom Atelier fern zu halten. Dorthin trippelten sie nämlich gerne hinter dem Vater her.

Während der warmen Monate schloss der Herr die Tür zum Atelier nicht immer zu und es gab keine Möglichkeit, sie draußen zu halten. Dauernd fasste ich sie an ihren warmen Händchen, um sie zur Mutter zurückzubringen, die sich oft krank und teilnahmslos fühlte und nicht den ganzen Tag hinter ihnen herlaufen konnte.

Der König hielt sich häufig im Atelier auf und saß für sein Porträt. Verschiedentlich wurde er mit einem seiner Lieblingsjagdhunde zu seinen Füßen gemalt. Die Tiere freundeten sich während der Sitzungen mit mir an und ich kam auf die Idee, für die kleinen Töchter des Herrn ein Schoßtier zu besorgen, mit dem sie spielen konnten. Keinen großen Hund. Vielleicht einen kleinen. Oder möglicherweise sogar ein Kätzchen.

Eines Tages bat ich um die Erlaubnis, in einer Kirche außerhalb des Palastes meine Andacht zu verrichten. Die Herrin gab mir ein paar Besorgungen auf. Ich sollte zum Knopfhändler auf dem großen Markt bei der Puerta del Sol gehen und sechs blaue Knöpfe für einen Rock auswählen, den sie für eines der Kinder nähte. Ich sollte auch einen Kräuterladen aufsuchen und eine kleine Menge von den getrockneten Blättern der rosa Rose von Kastilien kaufen. Alvaro war mit zugeschwollenen und entzündeten Augen aufgewacht und konnte keine Ruhe finden. Deshalb wollte die Herrin ihm einen Tee aus kastilischer Rose machen. Der war wunderbar beruhigend und heilsam für die Augen. Der Herr badete seine oft in abgekühltem Rosentee, um ihr Sehvermögen zu erhalten.

Ich machte mich fröhlich auf den Weg. Ein Kirchgang stimmte mich immer heiter und munterte mich auf. Ich roch das brennende Wachs der Kerzen und den würzigen Duft des Weihrauchs und fühlte mich wie jemand, der nach Hause kommt, wo er liebevoll erwartet wird. Ich faltete die Hände und sprach Gebete für all meine lieben Toten und natürlich auch für den Herrn und die Herrin und den König.

In letzter Zeit fügte ich noch ein Gebet für Miri hinzu. Während ich kniete, schien ein Engel seine Flügel um mich zu falten und alles Hässliche und Verletzende in der Welt auszuschließen.

Ich brauchte nicht lange, um die Besorgungen für die Herrin zu erledigen. Danach machte ich mich daran, für Paquita, wie Francisca genannt wurde, ein Haustier zu finden.

Die Köche im Palast hatten viele Katzen, die sich täglich Kämpfe mit den Ratten liefern sollten. Aber das waren starke, wilde Geschöpfe, nicht daran gewöhnt, liebkost zu werden. Ich hatte kleine, flauschige Kätzchen gesehen, die mit ihrem dichten, seidigen Fell so weich und zart waren, dass sie nicht mehr zu wiegen schienen als ein Spatz. Diese Kätzchen wurden als Schoßtiere verkauft. Arabische Kaufleute brachten sie von irgendwo in Kleinasien mit. Es waren höchst reizende kleine Geschöpfe mit runden grünen oder goldenen Augen und rosa Näschen. An der Puerta del Sol hatte eine Spitzenklöpplerin ihr Geschäft. Ich wusste, dass sie ein Paar solcher Katzen hatte und oft ihre Jungen verkaufte.

Die Frau hieß Doña Trini. Sie hatte einen Narren an mir gefressen. Sie hatte mich nämlich manchmal auf dem Markt gesehen und behauptete, dass ich ihr Glück brächte. An den Tagen, an denen sie meine Jacke berührte, gingen ihre Geschäfte wunderbar und sie verkaufte viel. Sie rief mir immer zu: »Hallo, Negrito! Komm her und berühr meine Hand mit deinen Fingern, damit ich heute Glück habe!«

Nun wollte ich um eine Belohnung bitten.

Als ich zu ihrer Ladentür kam und hineinschaute, war sie gerade damit beschäftigt, einer feinen Dame einen Spitzenkragen zu verkaufen. Sie unterbrach sich, warf mir ein strahlendes Lächeln zu und gab mir ein Zeichen zu warten. Ich hielt den Atem an, konzentrierte meine Gedanken auf sie und wünschte ihr Glück. Das wirkte offenbar, denn die Dame kaufte drei Kragen und zählte Doña Trini viele goldene Dublonen auf die Hand. Ich trat zurück und machte den Weg frei, als die Dame das Geschäft verließ. Manchmal wollten die Weißen nicht, dass ich auf ihren Schatten trat, aus Furcht vor Unglück, und ich gab mir immer Mühe, sie nicht zu erschrecken.

»Negrito!«, ertönte ein Ruf von innen. »Wieder hast du mir Glück gebracht! Komm rein, ich will dir einen Dattelkuchen geben.«

Doña Trinis kleines faltiges Gesicht wirkte sehr zufrieden. Sie konnte viele Wochen von ihren Dublonen leben und ihre hellen Äuglein blitzten gut gelaunt.

»Doña Trini«, sagte ich, »ich danke Euch, aber ich wollte Euch um etwas anderes bitten. Keinen Dattelkuchen.«

Sie wurde plötzlich misstrauisch und glaubte, ich wollte sie um Geld angehen.

»Worum denn, Negrito? Ich bin eine arme Frau und das meiste von dem Geld, das ich gerade für die drei Kragen bekommen habe, muss ich doch weitergeben. Aber ich will dir geben, was immer ich kann, denn du bist mein Glücksbringer.«

»Ich will ein kleines, weißes Kätzchen.«

Sie klatschte vor Freude in die Hände und sprang auf und ab, so dass ihre weiten braunen und schwarzen Röcke wie die eines Kindes flatterten.

»Du sollst eins bekommen! Ein besonders schönes! Die anderen aus dem Wurf habe ich schon verkauft, aber dieses kleine, das winzigste, ist das hübscheste von allen!« Sie rannte in den rückwärtigen Raum ihres Geschäftes, wo sie an ihren Spitzen arbeitete und ihr kleines Schlafzimmer und die Küche hatte, und hob etwas weißes Flauschiges hoch. Ich konnte das zarte protestierende Miau der Katzenmutter hören, als sie das tat.

»Schau her, was für ein Schätzchen! Niemand wollte ihn kaufen, weil er ein blaues und ein grünes Auge hat. Aber du, Negrito, du bist ein Zauberer! Du musst wissen, dass das Glück bringt! Das bringt besonderes Glück! Nimm ihn, du kannst ihn haben!«

Sie gab mir das Kätzchen und ich versteckte es in meiner zugeknöpften Jacke, wo es sofort zu schnurren begann. So schnell ich konnte, eilte ich zurück zu unserem Gemach. Ich wusste, dass die Herrin ungeduldig auf mich wartete.

So war es. Sie stand in der Tür und klopfte nervös mit dem Fuß auf den Fliesen.

»Ich kann dich nicht mehr wegschicken, Juanico«, schimpfte sie ärgerlich, »wenn du für meine Besorgungen so lange brauchst!«

»Herrin, ich habe mir Zeit genommen, nach einem kleinen Geschenk für Paquita zu schauen. Hier ist es!« Ich steckte die Hand in meine Jacke und zog das kleine bebende Kätzchen heraus mit seinem winzigen Gesicht wie ein Stiefmütterchen.

»Oh, Muschi!«, rief die Herrin, hielt es an ihren Hals und liebkoste es. »Danke, Juanico!« Sie setzte es auf den Boden. Sofort kreischte Paquita und rannte hin zu ihm. Das Kätzchen duckte sich erschrocken und machte ein leises zischendes Geräusch. Aber die Herrin holte ein buntes Wollknäuel, rollte es auf dem Boden aus und bald spielten Paquita und Muschi glücklich damit, denn diesen Namen behielt der kleine Kater. Sogar *la niña* krähte vor Vergnügen.

Muschi wurde der Liebling des ganzen Hauses. Er beschäftigte die Kleinen, so dass sie dem Atelier des Herrn fern blieben. Sogar er spielte am Abend manchmal ernsthaft mit ihm. Und als Muschi zu einem gesetzten, würdevollen Kater herangewachsen war, saß er oft nach dem Abendessen schnurrend beim Herrn auf der Armlehne.

Bevor jener Frühling zum Sommer wurde, kam eines Tages der König in vollem Staat den Herrn besuchen. Er gab ihm den Auftrag, nach Italien zu fahren und dort zu reisen, um die großen Kunstwerke zu betrachten, von denen Rubens erzählt hatte, um einige Gemälde und Skulpturen für den Palast zu kaufen und um die Infantin María in Neapel aufzusuchen und zu porträtieren. Sie war eine Schwester des Königs und sollte demnächst mit Ferdinand III. von Ungarn verheiratet werden.

Als der Herr zu Hause davon berichtete, rief die Herrin aus: »Aber was soll mit den Kindern werden? Ich kann sie nicht mitnehmen und ich könnte es nicht ertragen, sie zurückzulassen!«

»Ich werde allein reisen. Nur mit Juanico«, erklärte er ihr.

Da weinte die Herrin, stampfte mit den Füßen und drohte, sich aus einem Fenster im vierten Stock des Palastes zu stürzen. Der Herr war sehr geduldig und besänftigend. Schließlich versprach er, sie und die Kinder nach Sevilla zu bringen und bei ihrem Vater zu lassen, solange wir weg seien.

Meine Reisevorbereitungen waren einfach. Ich brauchte nur ein paar Schätze in ein Taschentuch zu wickeln und es zuzuknoten. Auch die des Herrn waren nicht viel aufwändiger. Einen Anzug hatte er an, einen zweiten nahm er mit. Leinwand und Pinsel wollte er in Italien kaufen.

Der König ordnete an, dass unser Gemach im Palast bis zu unserer Rückkehr versiegelt und bewacht werden sollte. Auch unser Haus in der Stadt stellte er unter Aufsicht. Die Herrin machte sich Sorgen und packte die Teppiche und Wandbehänge mit duftenden Kräutern weg, damit die Motten nicht drangehen und sie anfressen würden. Ihr Silber versteckte sie unter einer Bodenplatte. Schließlich erklärte sie bleich und unter Tränen, dass sie reisefertig sei, und wir brachen auf.

Wir fuhren in zwei Kutschen – der Herr, die Herrin, Paquita und *la niña* vorneweg, das Mädchen der Herrin, die Köchin und ich in der zweiten, weniger bequemen Kutsche ohne Federung und ohne Kissen auf den Sitzen. Aber die

Pferde zogen genauso gleichmäßig und wir kamen immer zur gleichen Stunde zusammen in einem Gasthaus an. Ein weiterer Passagier reiste bei uns in einer Schachtel mit, die der Herr eigens für ihn gemacht hatte mit Luftlöchern im Deckel und mit Henkeln, so dass ich ihn sicher tragen konnte. Es war der arme Muschi. Er hasste das Fahren und jammerte ununterbrochen in seiner Schachtel.

Meine Gefühle auf dieser Fahrt durch Spanien waren gemischt. Ich kann bis heute nicht sagen, ob ich glücklich war oder nicht. Einerseits war ich dankbar dafür, in einer warmen Kutsche zu sein, morgens und abends eine heiße Mahlzeit zu erhalten, Brot, Wein und Früchte zu bekommen, wenn wir eine Mittagspause machten. Ich war froh darüber, in einer molligen Küche schlafen zu können statt in einem zugigen Stall oder unter einem kalten Sternenhimmel. Und trotzdem kehrten die Schrecken jener ersten Reise auf der gleichen Straße wieder zurück. Fast fürchtete ich den grinsenden Zigeuner wieder zu treffen mit seinem falschen Lächeln und seiner Peitsche.

Schließlich sahen wir das goldene Minarett der Giralda von Sevilla und ratterten auf einer Brücke über den braun dahinfließenden Guadalquivir. Da schossen mir Tränen des Heimwehs in die Augen und ich dachte an alle, die ich dort geliebt hatte, von meiner Mutter, dem ehemaligen Herrn und der Herrin bis zu Bruder Isidro. Ich beschloss, den kleinen Mönch aufzusuchen. Aber wie es dann kam, hatte ich dafür keine Zeit.

Als wir endlich an Pachecos Haus anlangten und die müden Pferde die Kutschen auf den Hof zogen, herrschte zunächst ein völliges Durcheinander. Die Tiere wurden sofort ausgespannt und weggeführt, um trockengerieben, gefüttert und getränkt zu werden. Wir Menschen, die Familie des Herrn und die ganze Pacheco-Familie, Verwandte und Gefolge wimmelten durcheinander; man küsste sich, vergoss Tränen, Ausrufe ertönten. Dienstboten rannten hin und her und versuchten das Gepäck zu sortieren, die Kinder in ihre Zimmer zu bringen, zu baden und zu verwöhnen und alle Neuigkeiten aus Madrid und vom Hof zu erfahren. Der ganze Lärm und das Durcheinander verursachten dem Herrn die Kopfschmerzen, an denen er manchmal aus bloßer nervöser Erschöpfung litt, wenn es zu viel Aufregung gegeben hatte. Er legte sich daher in dem Zimmer hin, das er und die Herrin haben sollten. Ich brachte ihm Tücher, die in kaltem Wasser ausgewrungen waren, und gab ihm eine von seinen Pillen. Dr. Méndez hatte ihm ein Kügelchen aus Opium gemacht, um die Schmerzen zu bekämpfen und ihm Ruhe zu geben, wenn ihn diese Anfälle packten. Um die Wahrheit zu sagen, hatte er sie nicht gekannt, bevor er so oft bei Hofe war und an so vielen Zeremonien des Königs teilnehmen musste.

Schließlich gelang es der Herrin, sich aus den Armen ihres Vaters, der Schwestern und Kusinen loszureißen und von den alten Dienstboten, die von ihr gesegnet werden wollten. Sie kam herein, um nach dem Herrn zu sehen. Ich wollte mich um den armen Muschi kümmern und versuchen, ihn an dieses fremde Haus zu gewöhnen. Aber ich hätte mir keine Sorgen zu machen brauchen. Paquita hatte ihn aus seiner Schachtel genommen, ihm frisches Wasser und ein wenig Sahne gebracht und sich dann zum Schlafen an ihn gekuschelt. Das kleine Mädchen und die Katze hatten die Arme umeinander geschlungen und seufzten im Schlaf. Auf Zehenspitzen schlich ich davon, um zu hören, wo ich mein Nachtlager aufschlagen sollte. Meister Pacheco hatte in einer Ecke seines Ateliers Decken für mich ausbreiten lassen.

Solange der Herr unpässlich war, an seinen Kopfschmerzen litt und danach bleich und schwach war, konnte ich das Haus nicht verlassen. Und sobald er sich besser fühlte, sagte er, wir müssten sofort aufbrechen. Wir sollten nämlich in Barcelona ein Schiff erreichen, eine von den Galeonen des Marquis von Spínola. Wir mussten daher das erste kleine Küstenschiff dorthin nehmen, das wir finden konnten. Ich gab den Plan, nach Bruder Isidro zu suchen, auf. Aber ich bat die Herrin, nach ihm Ausschau zu halten und ihm nach Möglichkeit mit ein paar Orangen oder Brot zu helfen. Das war nicht unverschämt von mir, denn ich hatte immer tausend wohltätige Botengänge für sie gemacht und kannte ihre Großzügigkeit.

Als wir uns verabschiedeten, trat ich beiseite und wartete, während der Herr die Herrin umarmte und küsste und sich hinabbeugte, um sich von seinen kleinen Töchtern küssen zu lassen. Ich hatte nicht damit gerechnet, dass sich ein Wirbelsturm in Kinderröckchen auf mich werfen, meine Knie umfassen und schreien würde: »Juanico nicht gehn!

Juanico nicht Paquita verlassen!« Sie war untröstlich. In meinem ganzen Leben hatte noch nie zuvor jemand geweint, wenn ich wegging. Dies war ein Erlebnis, das ich wie einen Schatz in meiner Erinnerung bewahrte.

Ich habe wenig behalten von dieser ersten Seereise außer der Traurigkeit und der Wehmut, die mich auf den Kais überkamen. Sie erinnerten mich sehr an meinen ersten Herrn, der so viel von seinem Leben dort bei seinen Lagerhäusern verbracht hatte. Als wir an Bord unseres Schiffchens waren, beschäftigte ich mich damit, das Gepäck des Herrn zu verstauen und sein Bett in der winzigen Kabine herzurichten. Mit der Flut segelten wir am Abend los und alles ging gut, bis wir das offene Meer erreichten. Dann wurde ich vom Stöhnen des Herrn geweckt. Er war während der ganzen Reise fürchterlich seekrank, solange sich das dreckige kleine Schiff durch das Wasser wälzte und schwankte. Erleichterung gab es nur, wenn wir in Málaga und ein paar anderen kleinen Häfen anlegten.

Schließlich kamen wir nach Barcelona und stiegen um auf die große, prächtige Galeone des Marquis. Der Herr war bleich und hatte offensichtlich Angst. Aber diese Fahrt war viel weniger anstrengend und wir überstanden sie ganz gut, obwohl er nichts zu sich nahm außer etwas Wein und trockenem Brot. Doch als wir in Genua ankamen, gingen wir, noch bevor wir nach einem Gasthaus suchten, in eine Kirche, um unsere Dankgebete zu sprechen. Ich glaube, der Herr betrachtete das Meer seitdem als eine Erfindung des Teufels.

Wir fanden ein Gasthaus, das bescheiden, aber sauber war. Der Herr machte mir klar, dass ich während unserer Reise durch Italien auf einem Strohsack im gleichen Zimmer mit ihm liegen sollte. Er wollte nicht, dass ich weit entfernt von ihm sei. Ich war darüber recht froh, nicht nur wegen der Bequemlichkeit eines guten Zimmers, sondern weil auch ich mich einsam fühlte. Schließlich waren wir an unsere gegenseitige Gesellschaft gewöhnt und konnten viele Stunden lang zusammen schweigen, ohne quälende Einsamkeit zu empfinden.

Oft ging ich in die Küche des Gasthauses, um für den Herrn zu kochen. Er war nämlich an eine Kost aus Fleisch und Brot gewöhnt, während die Italiener Pasta mit verschiedenen würzigen Saucen und wenig Fleisch aßen.

Als der Herr sich gut genug fühlte, um auszugehen und Kunstwerke zu betrachten, Galerien und Geschäfte aufzusuchen, Preise zu erfragen und zu feilschen, begleitete ich ihn. Ich trug sein Skizzenbuch, sein sauberes Taschentuch und sein Geld. Das führte ich in einer Schärpe mit mir, die eng um meine Hüften geschlungen war.

Die italienischen Städte, die wir besuchten, schienen schmutziger und unfreundlicher als die spanischen und die Menschen waren ziemlich laut. Überall gab es Taschendiebe und Beutelschneider und ich wurde oft angerempelt. Allerdings fanden die Diebe nie etwas anderes in meinem Beutel als in Papier eingewickelte Zeichenkohle und Wischlappen. Dann verfluchten sie mich leise und rollten die dunklen Augen zu mir hin.

Im Großen und Ganzen waren die Italiener schöne Menschen, fand ich. Aber ihre Sprache verstand ich anfangs nicht. Eine Zeit lang konnte ich keine Sympathie für sie entwickeln, sofern sie keine Künstler waren. Während der Herr und ich die großen Galerien erkundeten und Maler besuchten, verschlug es mir von Tag zu Tag mehr die Sprache vor Bewunderung. Es war wahrlich ein Land, das für die Kunst lebte und dem man jeden seiner Fehler verzeihen konnte.

Als wir nach Rom weiterreisten, nahm der Herr Sitzplätze in einer Kutsche für uns. Es war eine lange Fahrt. Zwar fing ich nie von mir aus ein Gespräch mit dem Herrn an, der Plappermäuler nicht leiden konnte. Aber wir waren die einzigen spanischsprachigen Reisenden und so ermutigte mich der Herr, während wir dahinrollten, meine Eindrücke von der Szenerie zu schildern.

»Das Licht ist hier anders als in Spanien«, erklärte er mir. Wir wurden gerade langsam durch Felder mit goldenem Getreide gezogen, wo blaue Blumen und roter Mohn zwischen den Halmen aufleuchteten. »Hier scheint das Licht wie eine Flüssigkeit und hat einen weichen Schimmer wie ein Feuerschein. In Spanien ist das Licht klar, hart und blendend. Die Schatten sind dort tiefer, dramatischer. Hier sind sie sanft und sie machen die Umrisse der Gegenstände weicher.«

Ich fasste Mut zu fragen: »Seht Ihr diesen Unterschied im Licht in den Gemälden hier, Herr?«

»Ja.«

»Und werdet Ihr Kopien von Gemälden in Rom machen, wie Ihr es in Genua und Florenz getan habt?«

»Oh ja. Ich werde einiges von Michelangelo kopieren und etwas von Raphael und Tintoretto.«

»Warum macht Ihr das, Herr? Dieses Kopieren?«

»Nun, der König hat einige Kopien in Auftrag gegeben. Und außerdem lerne ich dabei. Wie könnte man das besser? Es ist, als ob man Unterricht bei einem Meister der Vergangenheit nimmt. Ich kopiere seine Farben, seine Schatten, seine Faltenwürfe. Es ist, als ob er da wäre, an meiner Seite, und mich führte und lehrte.«

Ich schwieg, denn ich hatte schon mit der Versuchung gekämpft, Leinwand, Farbe und einen Pinsel zu kaufen in diesem Land hier, wo keiner mich kannte, und zu versuchen selbst zu malen. Nun fügte der Teufel eine weitere und stärkere Versuchung hinzu. Wenn man beim Kopieren lernen konnte, warum sollte ich nicht auch kopieren und lernen? Wenn der Herr beschäftigt war, kümmerte er sich nicht um mich. Ich hätte also Zeit und Gelegenheit.

Woher sollte ich aber das Geld für meine Utensilien bekommen? Der Herr gab mir ab und zu eine Münze, doch für solche Ausgaben reichte das nicht aus. Nun, ich verkaufte meinen Ohrring, den einzigen Gegenstand, der noch von meiner Mutter stammte, den sie berührt hatte. Man kann daran ermessen, wie stark mein Verlangen war, Pinsel und Farben in die Hand zu bekommen. Bei der ersten Gelegenheit in Rom, nachdem wir uns eingerichtet hatten und der Herr ganz seiner täglichen Routine folgte, ging ich und ließ mich in einer anderen Galerie nieder als der, in der er arbeitete. Ich holte mein Stück aufgespannter Leinwand und einen Kohlestift hervor. Ich versuchte die Umrisse eines Bildes nachzuzeichnen, das mir gefiel. Das war nicht leicht. Immer wieder wischte ich, was ich gemacht hatte, mit dem Ärmel aus und fing von vorne an. Endlich erschienen die Vase und einige Quadrate eines gefliesten Bodens auf meiner Leinwand in den richtigen Proportionen.

Was ich tat, war unrecht. Ich wusste das. Noch schlimmer, ich hatte die Absicht, heimlich damit fortzufahren. Aber meine schuldbeladene Freude war gewaltig. Es fiel mir schwer, diesen Widerspruch in meinem Inneren aufzulösen. Mein Gewissen hätte mir keine Ruhe lassen dürfen. Aber ich genoss meinen Ungehorsam. Und ich nahm die Gelegenheit wahr, von der Palette des Herrn, während er des Nachts schlief, ein paar Häufchen Farbe zu stehlen. Ein Betrug führt unweigerlich zum nächsten.

Ich hatte sogar noch mehr Gelegenheiten, allein zu üben, als wir nach Neapel gefahren waren. Die Infantin war nämlich hochmütig und duldete mich nicht im gleichen Raum, wenn sie gemalt wurde.

Während sich der Herr in der großen Festung dieser Stadt mit ihren Türmen und Fallgittern aufhielt, die Infantin beobachtete und malte, fertigte ich zahllose Zeichnungen an. Mir war bald klar geworden, dass es keinen Sinn hatte, mich im Malen zu üben, bevor ich nicht mit den Umrissen von Gegenständen zurechtkam und ihre Form und ihre Positionen im Raum darstellen konnte. Ich verbrannte alle diese Zeichnungen, wenn ich sie fertig hatte. Ich sah bald, wie armselig und ungeschickt ich war, und verlor den Mut. Ich wurde verdrießlich und mürrisch, und ein ums andere Mal schaute mich der Herr kritisch an. Einmal tadelte er mich sogar.

»Juanico, ich bin weit weg von zu Hause und einsam, und wenn du anfängst, mich finster und missmutig anzuschauen, werde ich dich wegschicken, denn du deprimierst mich.«

Das machte mir Angst und ich fing an zu weinen, woraufhin er die Hände hochstreckte und die Augen himmelwärts rollte.

»Gut, gut, *basta*! Ich werde dich nicht wegschicken, ich versprech's. Aber führe mich nicht in Versuchung. Zeige mir wenigstens dein übliches strahlendes Lächeln und heitere mich auf!«

Das freute mich, denn mir war vorher nicht klar gewesen, dass er mein Lächeln, überhaupt etwas von mir brauchte außer meinen Handreichungen. Bei dem Gedanken, dass ich für seinen Seelenfrieden und sein Wohlbefinden wichtig war, wurde mir ganz warm ums Herz. Ich hörte sogar für eine Weile mit dem heimlichen Zeichnen auf.

Ich kann mich von dieser langen Zeit fern von Spanien nicht mehr an viel entsinnen. Die meisten italienischen Städte sind in meiner Erinnerung zu einer verschwommen. Sie waren prächtig mit steinernen Bauwerken und schönen Menschen in den Straßen und alle waren in ein goldenes

Licht getaucht. Aber sie blieben mir fremd und nicht in der Erinnerung haften, so wie das, was man im Traum gesehen hat, nicht lange im Bewusstsein hängen bleibt. Venedig, das an Kanälen mit Meerwasser gebaut ist, in denen den ganzen Tag die Gezeiten steigen und fallen, war natürlich anders als jeder Ort sonst und verströmte einen eigenen reichen orientalischen Glanz.

Hier überraschte uns der Winter. Der Herr hatte viel Ärger mit den italienischen Schneidern, als er für uns beide einige warme Wollmäntel bestellte. Als Erstes verdrossen sie ihn, indem sie ihn zu überreden versuchten, einen Anzug aus goldenem und rubinrotem Brokat zu bestellen. Bei dem Gedanken schauderte es ihn, denn er trug nie etwas anderes als sein nüchternes Schwarz. Dann versuchten sie, indem sie ein Stück glänzender blauer Seide um ihn drapierten, ihn mit Schmeicheleien zu überreden, seinen Mantel damit säumen und goldene Troddeln an die Kante hängen zu lassen, um den Mantel zu beschweren, wenn er ihn nach hinten über die Schulter geworfen trug. Während die Schneider schwätzten, die Augenbrauen zum Herrn hin hoben und ihn bewundernd anlächelten, verstand ich, was sie meinten. In ganz Italien, das voll von schönen Menschen ist, hatte ich keinen Mann gesehen, der so gut aussah wie er. Er war schlank und nicht groß, aber gut gebaut und hatte die feinen Hände, Fesseln und Füße des Spaniers. Sein Gesicht war bleich, fein geschnitten und von kräftigem, vollem dunklen Haar eingerahmt. Er hatte zwar nicht so große Augen wie manche Italiener, aber er blickte zurückhaltend drein und beobachtete scharf. Irgendwie zog ich seine Nachdenklichkeit, seinen würdevollen Ausdruck und seine Beherrschtheit den Gesichtern der meisten Italiener vor, die ihre Gefühle offen zum Ausdruck brachten.

Sogar die Schwarzen, die ich in Italien sah – es gab nämlich viele davon, sowohl Sklaven wie auch Freie –, wirkten grell und hochmütig. Sie verachteten mich wegen meiner einfachen, dunklen Kleidung und wegen meines ruhigen, kühlen, schlichten Herrn. Ich mochte sie nicht.

Ich war wirklich froh, als wir schließlich wieder in Genua eintrafen, bereit, uns einzuschiffen. Wir waren darauf gefasst, das Elend der Seereise zu ertragen. Aber glücklicherweise verlief die Überfahrt nicht so schlimm und der Herr war nicht so seekrank wie bei der Herfahrt. Er lag nur in seiner Koje, bleich und ängstlich, und wollte nichts essen, bis unser Schiff an den Kais von Sevilla festmachte. Dann stürzte er, noch bevor wir mit unseren Kisten und Teppichen von Bord gehen konnten, in den Speiseraum, bestellte ein großes Frühstück aus gebratenen Eiern und Würstchen und schlang es hastig hinunter.

»Verrate nichts der Señora«, sagte er mir und musste über sich selbst lächeln. »Ich werde so tun, als ob ich mit meinem üblichen wählerischen Appetit an allem knabbere, was sie zubereitet hat. Aber ich konnte nicht warten, nachdem ich mich selber die ganze Strecke von Genua habe hungern lassen.«

Er klopfte sich zufrieden auf den Bauch, nahm seine aufgerollten Leinwände und seine Palette und ich legte die

Teppiche auf die Schulter. Wir vereinbarten, dass unser übriges Gepäck nachgesandt wurde, und gingen durch die Straßen von Sevilla zu Meister Pachecos Haus.

Als wir dort ankamen, wurden wieder Küsse getauscht, wieder ertönten Ausrufe und man umarmte sich. Paquita wollte meine Hand nicht loslassen und Muschi kam und strich um meine Füße.

»Aber wo ist meine *niña*, meine Ignacia?«, hörte ich den Herrn fragen.

Die Herrin warf sich ihm in die Arme und weinte.

»Ach, Diego, wie hätte ich es dir sagen können? Du warst weit draußen auf dem Meer … es war vor einem Monat … und …«

Er stand ganz ruhig und still da, wartete und nahm die Augen nicht von ihrem tränenüberströmten Gesicht.

»Sie … unsere Kleine … unsere *niña* … ist tot«, schluchzte sie.

Er hielt sie fest in den Armen und tätschelte ihre bebenden Schultern. Niemand sprach. Das Gesicht des Herrn sah verwirrt aus wie das eines Tauben, der zu hören versucht und nur ein paar unverständliche Wörter wahrnimmt.

Paquitas Stimmchen piepste: »Ich bin krank gewesen, Juanico, und *niña* auch. Aber sie ist nicht gesund geworden. Jetzt ist sie im Himmel.«

Ich hob sie mir auf die Schulter. Sie war immer leicht gewesen und keine Last. Wie sehr wünschte ich, die andere Kleine als Gegengewicht auf der anderen Schulter zu haben wie in früheren Tagen.

Schweigend gingen wir ins Haus. Unsere Heimkehr, die so freudig hätte sein sollen, war überschattet und bedrückend.

Der Herr wollte keine Pläne für die Abfahrt machen. Er war in tiefer Trauer und ging täglich das kleine Grab besuchen.

Und ich hatte einen zusätzlichen Kummer. Gott hatte Bruder Isidro zu sich genommen, der so gut zu mir gewesen war.

Aber eines Tages kam eine Botschaft vom König und rief uns zurück. Wir mussten unsere Kisten packen und uns für die Rückfahrt fertig machen.

Als wir Sevilla verließen und die Straße nach Norden nahmen, regnete es.

Achtes Kapitel, in dem ich von einer kleinen roten Blume erzähle

Im Laufe der Jahre malte der Herr viele Porträts von Menschen am Hof, die meisten aber vom König und seiner Familie und vom Ersten Minister des Königs, dem mächtigen Herzog von Olívares. Ich hätte diesen schweren, herzlich scheinenden Mann wegen seiner lauten Stimme und seiner häufigen Pöbelhaftigkeit unsympathisch gefunden, wäre er dem Herrn nicht so gewogen gewesen und hätte er nicht jede Gelegenheit ergriffen, seine Kunst zu preisen – sogar bei Staatsbanketten. Von meinem eigenen Standpunkt als Diener aus überlegte ich mir oft, dass Don Diego, obwohl er keinen Adelstitel trug, ein feinerer Herr war als der schnaufende, schwer trinkende Herzog mit seiner eindrucksvollen Liste von Titeln und Ehrenämtern. Der Herr war immer höflich und vornehm, ganz der vollkommene Ritter. Mir war aufgefallen, dass sich zwischen ihm und dem König eine echte Zuneigung entwickelt hatte, während die Gefühle des Herrn gegenüber dem mächtigen Herzog sicherlich von Vorsicht und Zurückhaltung bestimmt waren.

Der König war ein stiller Mensch, der nicht gern viel sprach. Dies lag zweifellos zum Teil daran, dass er an einem starken Sprachfehler litt. Er hatte das lange, schwere, schiefe Kinn der Habsburger geerbt, zusammen mit ihrer runden, hohen Stirn, dem goldenen Haar und den blauen Augen. Wegen der Form seines Kiefers trafen die Zähne nicht genau aufeinander. Daher sprach er mit einem merkwürdigen Zischen, als ob er lispelte. Außerdem glaube ich, dass er schüchtern war und in all den Jahren bei Hofe gelernt hatte, dass es gefährlich sein konnte, irgendjemandem aus ganzem Herzen zu vertrauen. So vergingen die Monate und Jahre und ich konnte fühlen, wie sein Zutrauen zum Herrn allmählich wuchs, während ein Porträt nach dem anderen aus dem Atelier kam: der König in schwarzem Samt, der König im Staatsornat mit Wams und Hosen, ganz mit Silber bestickt, der König in Jagdkleidung mit seinem Lieblingshund und dem Gewehr.

Ich war fast immer im Atelier anwesend, wenn der König Modell stand oder saß. Er gewöhnte sich daran, mich als stillen, dunklen Schatten zu empfinden, und beachtete mich tatsächlich weniger als seinen Hund, den er oft zu sich ans Knie rief, wenn er sich bei den Sitzungen zu einer Ruhepause niederließ. Dann zog er ihn an den samtenen Ohren und kraulte ihn unter dem Kinn, während die Augen des Hundes voll überquellender Liebe auf ihn gerichtet waren. Ich glaube, der König wurde, so sehr er auch respektiert und umsorgt war, selten mit solcher Hingabe angeschaut.

Wenn der König schon nicht viel sprach, so tat es der Herr ebenso wenig. Er behielt seine Gedanken für sich, weil das so seine Art war und weil, wie er mir einmal erklärte, die Welt zu voll von dummen Worten war, die besser nie gesagt worden wären. Einmal, als ich Farben rieb und wir allein im Atelier waren, sagte er mir, dass er von dem lebte, was er durch die Augen aufnahm, und von dem, was er durch seine Malerei zurückgab – nicht wie andere Menschen von dem, was sie mit dem Mund aufnehmen und im Gespräch zurückgeben.

»Meine Leinwände sind meine Rede«, sagte er einmal zum König. Dieser dachte über die Bemerkung nach und blickte den Herrn zustimmend an.

»Aber dann«, fragte er nach einer kleinen Weile traurig, wie mir schien, »aber was ist dann meine Rede, Don Diego?«

»Euer Majestät ist nicht von Gott geschaffen, um zu reden, sondern um Euren Untertanen zuzuhören, mit Zuneigung und väterlicher Sorge«, antwortete der Herr. Dem König gefielen diese Worte. Er saß da, nickte zustimmend und war äußerst zufrieden.

Zwischen den beiden entwickelte sich stetig eine stille Freundschaft und ich beobachtete, wie sie Gestalt annahm und wuchs. Ich kann Zwischentöne von Gefühlen in den Beziehungen von Menschen wahrnehmen und ich erkannte, wie sehr der König von Monat zu Monat, von Jahr zu Jahr seinem hoffnungsvollen Herzen erlaubte, der Zuneigung des Herrn zu vertrauen. Dieser empfand seinerseits eine besondere Hingabe, beinahe eine zärtliche Fürsorge für Seine Majestät, der er natürlich viel von all dem verdankte, was für ihn selbst und seine Familie wichtig war.

Der Herr malte die Kinder des Königs mit außerordentlich viel Feingefühl und Zärtlichkeit – die Infantinnen María Teresa und Margarita und die kleinen Prinzen Baltasar und Felipe Próspero. Letzterer war kränklich, das arme Kerlchen, und jammerte viel. Beim Herrn aber verhielt er sich ruhig, hatte glänzende Augen, spielte gern und war brav und gehorsam. Gott nahm ihn zu sich. Er flog zu den Engeln, bevor er noch vier Jahre alt war.

Natürlich gab es immer ein paar Lehrlinge. Cristóbal und Alvaro hatten uns allerdings nach etwa fünf Jahren verlassen. Die Lehrjungen nahmen dem Herrn einige von den mühseligeren Arbeiten ab und malten zum Beispiel große Flächen Himmel oder Stoffbahnen. Sie mussten auch oft seine religiösen Werke kopieren, denn die Kirchen baten den Herrn ständig um mehr Bilder, als er selbst malen konnte.

Die Lehrlinge kamen und gingen und immer unterwies der Herr sie gewissenhaft. Was sie nicht lernten, lernte ich. All die Jahre machte ich nämlich fleißig mit dem Zeichnen weiter und hatte auch angefangen zu malen. Dabei trug ich die Farbe auf, wie der Herr es tat, indem ich mit einem dunklen Untergrund anfing und dann die helleren und zarteren Schattierungen für die Details darüber legte.

Ungefähr vierzehn Jahre nach unserer Rückkehr aus Italien nach Madrid kam ein junger Mann zum Herrn mit dringenden Empfehlungen vom Herzog von Olívares. Er hatte Malerei studiert und wünschte »beim größten Maler

Spaniens« in die Lehre zu gehen. Der junge Mann war etwa zwanzig Jahre alt und hieß Juan Bautista del Mazo. Er war ziemlich hübsch, eitel und in Seide von warmen Farben gekleidet. Sein Haar trug er in viele kleine Ringellöckchen auf die Stirn gelegt, wie man es bei griechischen Statuen sehen kann.

Zu der Zeit wurde Paquita gerade erwachsen. Ich hatte beobachtet, wie sie sich zu einer lieblichen jungen Frau entwickelte. An jenem ersten Tag, als Juan Bautista zu uns gekommen war, sah ich, als sie ins Atelier getrippelt kam und ihre Röcke in natürlicher Koketterie schwenkte, wie unser neuer junger Mann ein Auge auf sie warf und erbleichte. Es war Liebe auf den ersten Blick, wie man sagt. Sie war schuld, dass für einen Augenblick sein Herz zum Stillstand kam und ihm alles Blut aus dem Gesicht wich. Bei einem schnellen Blick sah ich mit neuen Augen, was er gesehen hatte und was ich bis dahin wie selbstverständlich wahrgenommen hatte. Paquita war eine junge Frau in der vollen Blüte ihrer Schönheit. Sie war nicht groß, sondern rundlich und pausbäckig wie eine reife Traube, wenn auch mit einem zarten Hals und einer schlanken Taille. An dem Tag trug sie ein Kleid aus goldbrauner, feiner, weicher Wolle, gesäumt mit schwarzem Samt. Darüber war ihr Gesicht mit rosigen Wangen und blitzenden dunklen Augen von einer kleinen Haube eingerahmt. Sie wollte mit ihrer Mutter ausgehen und war gekommen, um ihren Vater um ein paar zusätzliche Münzen für irgendwelchen Flitterkram zu bitten. Zwischen den beiden jungen Leuten, Paquita und Juan

Bautista, züngelte eine unsichtbare Flamme. Ich sah sie auch in ihren Augen, bevor sie ihre langen dunklen Wimpern senkte.

»Wo gehst du hin?«, fragte der Herr, ohne von seiner Malerei aufzublicken.

»Einkaufen und dann Angustias besuchen.«

Dies war die Tochter einer der Hofdamen, Paquitas enge Freundin. Die beiden besuchten sich dauernd, kicherten über Mädchenangelegenheiten und redeten über Kleider.

»Nimm Juanico mit. Ich möchte nicht, dass du ausgehst ohne einen männlichen Begleiter zu deinem Schutz.«

Es war völlig normal, dass der Herr mich mit Paquita oder ihrer Mutter mitschickte, und sie hatten mich gerne dabei. Paquita mochte alle kleinen Geschöpfe, von Säuglingen und Vögelchen bis zu kleinen Tieren. Ihrem ersten Muschi, den ich ihr geschenkt hatte, waren andere gefolgt, wenn Tod oder die Unabhängigkeit der Katzennatur ihr die Schoßtiere geraubt hatten. Der augenblickliche Muschi war ein gestreifter Tiger mit einer orangenen Nase, ein grober Kerl, kein feiner Herr wie die weißen persischen Katzen. Er war größer und wild. Um Paquita seine Liebe zu zeigen, packte er oft ihre Hand in seinen großen Pfoten und tat so, als ob er sie beißen wollte, um sofort danach die Stelle mit seiner rauen Zunge zu küssen und liebevoll zu schnurren. Ihre kleinen Hände zeigten manchmal seine Kratzer und Bisse, aber sie kannte seinen Charakter und liebte ihn.

Auch Pflanzen und Blumen betete sie an. Oft blieb sie

stehen, um sie zu liebkosen und mit ihnen zu reden, als ob sie Lebewesen und eigene Persönlichkeiten wären. Einige von den Köchen im Palast brachten ihr ihre Kräutertöpfchen, damit sie sie besprach und segnete. Sie behaupteten, für Paquita würde alles wachsen.

An jenem Tag, erinnere ich mich, hielten wir nach dem Besuch bei Angustias auf einem Blumenmarkt an. Paquita wollte unbedingt eine kleine Pflanze in einem Topf kaufen. Es war ein kalter Wintertag und es standen nicht viele zur Auswahl. Diese eine hatte winzige vierblättrige Blüten und war die einzige, die überhaupt blühte.

»Oh, der tapfere Liebling, streckt seine kleinen Blüten raus trotz der kalten Luft!«, säuselte sie, beugte sich über die Pflanze und hauchte sie an. »Ich muss sie haben!« Die Blumenverkäuferin versuchte, ein gutes Geschäft zu machen. Aber Paquitas Begeisterung und liebevolle Art entwaffneten sie und sie ließ uns die Pflanze für ein paar *maravedís* mitnehmen. Diese Blume sollte noch eine merkwürdige Rolle in unserem Leben spielen.

Es dauerte nicht lange, bis Juan Bautista eines Tages an mich heranstrich, als der Herr für einen Augenblick das Atelier verlassen hatte, und mich bat, Paquita eine Nachricht von ihm zu überbringen.

Ich schüttelte den Kopf, denn ich hatte Angst vor familiären Intrigen. Ich hatte davon gehört, dass Sklaven schon ihr Leben verloren hatten, weil sie in so etwas verwickelt waren. Ein Vater, der plötzlich in Wut geriet, konnte leicht die Fassung und den Kopf verlieren. Obwohl ich glaubte, dass der Herr getäuscht werden könnte, war die Herrin doch wachsam und von Natur aus misstrauisch und nichts entging ihr. Ich lehnte daher Juan Bautistas Ansinnen ab und bemühte mich anschließend, ihm nicht zu nahe zu kommen, aus Angst, er könnte mich schlagen oder mir sogar eine Botschaft aufzwingen. Die hätte ich dann vernichten müssen. Mit Verliebten wollte ich nichts zu tun haben.

Es war jedoch eine Sache, Juan Bautista abzuweisen, eine ganz andere, es bei Paquita zu tun. Sie wusste sehr gut, dass ich sie vergötterte und ihr nichts abschlagen konnte. Daher sank mein Herz, als sie mir hinter einer Tür zuzischte und mir signalisierte, unauffällig zu ihr zu kommen. Ich wusste, was sie wollte, schon bevor sie mir die kleine Notiz hinhielt.

Diese war zum kleinstmöglichen Achteck zusammengefaltet. Paquita flüsterte: »Papa darf es nicht sehen, wenn du das Juan Bautista gibst, Juanico! Ich verlass mich auf dich!«

Sprachlos und unglücklich stand ich mit dem Stückchen Papier in der Hand da.

»Stell dich nicht so an deswegen!«, rief sie und stampfte ärgerlich mit dem kleinen Fuß auf. »Es ist nichts darauf geschrieben! Es ist nur eine kleine Blume darin. Er hat gesehen, wie ich meine Pflanze gegossen habe. Er wird wissen, was sie bedeutet!«

Da fühlte ich mich weniger unglücklich, denn wenn das Papier nicht beschrieben war, war es nicht so gefährlich.

Als ich an dem Abend das Essen servierte, gelang es mir jedenfalls, die Nachricht neben Juan Bautistas Teller zu legen. Ich sah, wie er sie in seinen Ärmel gleiten ließ, und zwar mit einer Geschicklichkeit, die mir wegen unserer jungen Dame Unbehagen verursachte. Es schien, als ob dieser Galan Erfahrung in Liebeshändeln hatte.

Aber obwohl ich mich anfangs ein wenig gewehrt hatte, war ich, bevor ich es richtig merkte, tief in das Geheimnis der Liebenden verstrickt und Teil all ihrer Pläne. Das beunruhigte mich und ich schämte mich, aber es ging mir wie manch anderem, der sich zögernd auf eine geheime Liebesgeschichte einlässt. Nachdem ich einmal angefangen hatte, musste ich weitermachen. So blieb mir nichts anderes übrig, als meine Bedenken zurückzustellen.

Bald trafen sie sich, um ein oder zwei Worte zu flüstern, in einem entlegenen Korridor, während ich mich im Hintergrund hielt, um auf Paquita aufzupassen und sie zu warnen, wenn sich jemand näherte. Oder sie hatten ein Rendezvous in den Kunstgalerien des Königs, die leider nur selten besucht wurden.

Um mich vor mir selbst zu rechtfertigen, überzeugte ich mich davon, dass Juan Bautista wirklich in unsere lebhafte Paquita verliebt war.

Er aß kaum und hatte Anfälle von Niedergeschlagenheit, so dass er nicht malen konnte, und er wurde mager und bleich. Dies waren Liebeszeichen, wie sie jahrhundertelang in Gedichten und Liedern besungen worden waren. Ich hätte mir denken können, dass der Herr diese Veränderungen an seinem besten Lehrling bemerken würde. Aber er sagte nichts.

Paquita jedoch wurde täglich fröhlicher, rosiger und frecher. Ihre Mutter beobachtete sie beunruhigt. Als sie beim Abendessen saßen, sah ich, wie der Herr seine Augen lange und nachdenklich auf seiner Tochter ruhen ließ.

»Paquita«, sagte er eines Tages zu ihr, »du wirst sehr schnell erwachsen! Wir müssen anfangen, uns nach einem Mann für dich umzuschauen!«

Ich sah ihr überraschtes Ringen nach Luft, dann einen Ausdruck von Freude und sofort anschließend von Entsetzen. Der Herr fuhr nämlich fort: »Ich will ein Porträt von dir malen und es nach Portugal schicken. Vielleicht stößt es bei einigen meiner entfernten Vettern auf Interesse. Ich wäre froh, wenn du nach Portugal heiraten würdest. Ich mag portugiesischen Wein sehr.«

Der Herr begann, in aller Ruhe seine Orange zu schälen. Juan Bautista jedoch ließ seinen Löffel fallen und brauchte viel Zeit, ihn unter dem Tisch zu suchen. Paquita hob immer wieder das gleiche Glas an die Lippen und stellte es dann ab.

»Sei morgen um neun Uhr im Atelier, Paquita, und trage dieses braune Kleid. Wir werden mit dem Porträt anfangen.«

»Ja, Papa«, flüsterte sie, aber ihre Augen glänzten und schwammen in Tränen.

Was den Herrn anbetrifft, so bemerkte ich, dass er die Mundwinkel unter dem dunklen Schnurrbart ein ganz klein wenig anhob. Ich fragte mich, wie viel er wusste von dem, was vor sich gegangen war.

Er machte eine Reihe seiner schnellen Skizzen. Dann ließ er sie in Handschuhen und einem kleinen Pelzkragen posieren und dabei ihren Rosenkranz und Fächer halten.

Natürlich stand sie nicht den ganzen Tag Modell und auch nicht jeden Tag. Zu meiner Bestürzung verdoppelten die beiden Liebenden ihre Botschaften und Verabredungen. Die Gemäldegalerie war immer noch ihr beliebtester Treffpunkt. Paquita war einfallsreich und schlau. Irgendwie schaffte sie es, zu manchem Stelldichein zu entwischen, ohne dass ihre Mutter es mitbekam. Oft trug ich, wenn sie sich nicht treffen konnten, die kleine rote Blume zwischen ihnen hin und her, in ein Taschentuch eingeschlagen oder in ein Gebetbuch gepresst.

Als das Porträt Fortschritte machte, merkte ich, dass der Herr damit zögerte, das Gesicht zu malen. Die Züge waren skizziert, die runde Stirn, die großen Augen, die Form der Nase. Aber er schüttelte verschiedentlich verwirrt den Kopf und ich sah, dass er es weiterhin frei ließ und fortfuhr, sein ganzes Geschick daran zu wenden, die Gestalt der Hand im Handschuh zu zeigen, die Wärme und Rundungen der Figur unter dem braunen Kleiderstoff, sogar das federweiche Haar … aber nicht den Ausdruck und Charakter des Gesichts. Ich betrachtete sie daraufhin genau, während sie posierte. Ich erkannte, was der Herr gesehen und warum er gezögert hatte: In ihren Augen lag eine Ahnung von Unheil und um ihre Lippen spielte ein ängstliches Zittern.

Er seufzte und legte seine Palette beiseite, entließ sie und setzte sich ans Fenster, um auf die Menschen zu starren, die unten im Hof vorübergingen.

Ich erledigte meine Aufgaben. Als ich zur Küche ging, um ein paar Farblappen auszuwaschen – der Herr benutzte sie nicht länger, wenn sie von Farbe steif waren –, passte mich Paquita ab und drückte mir ein kleines Papier in die Hand.

»Sowie du kannst«, flüsterte sie mir zu. »Versuch es ihm vor der Rosenkranzandacht in der Kapelle zu geben.«

Sie flatterte weg zum Schlafzimmer ihrer Mutter. Im gleichen Augenblick erschien der Herr im Türrahmen.

»Was hast du da bei den Farblappen, Juanico?«, fragte er und streckte die Hand aus. Er musste unsere Unterhaltung mit angehört haben. Ich konnte nichts machen. Schweren Herzens gab ich ihm ihre Nachricht. Er faltete sie auseinander und eine von ihren kleinen roten Blumen fiel heraus und auf den Boden. Er bückte sich, um sie aufzuheben, betrachtete sie sehr sorgfältig und steckte sie dann in sein Wams.

Er ging ins Atelier zurück. Ich stand da und zögerte, ob ich ihm folgen sollte, als er mich rief: »Juanico! Komm bitte her.«

Er stand am Fenster und er hatte die Botschaft gelesen.

»Sie hat Kapelle falsch geschrieben«, sagte er. »Bring mir einen feinen Pinsel und tunke ihn in rote Farbe.«

Das tat ich. Er nahm ihn und korrigierte die Schreibung, dann signierte er mit einem großen »V« auf dem Rand, um zu zeigen, dass er die Nachricht gelesen hatte, und gab sie mir zurück.

»Bring sie zu Juan Bautista«, wies er mich an. »Er muss halb verrückt sein vor Angst, wenn er auf sie wartet. Treffen sie sich oft in dieser Gemäldegalerie?«

»Ja, Herr. Aber nicht allein«, fügte ich eilig hinzu in der Hoffnung, die Situation für Paquita zu entschärfen. »Ich bin immer dabei, um auf sie aufzupassen.«

»Der König hat mir den Auftrag gegeben, diese Galerie umzugestalten«, überlegte der Herr nachdenklich, »und es wird höchste Zeit, dass ich das tue. Es geht nicht, dass alle Verliebten im Palast dort ihre Rendezvous haben. Ach, gib mir doch bitte diese Nachricht noch einmal, Juanico. Da war eine kleine Blume drin.«

Er holte die rote Blüte aus seinem Wams, aber nun war sie welk und traurig. Er breitete die samtenen Blättchen aus und betrachtete sie genau. Dann ging er zu seiner Palette und mischte eine Spur Weiß in das Rot an seinem Pinsel, bis er die genaue Schattierung der Blüte getroffen hatte. Danach nahm er den Pinsel und mit vier zarten, sicheren Strichen setzte er das Blümchen auf das Papier.

»Ich konnte die Nachricht nicht gut ohne ihren Talisman schicken«, murmelte er. »Bring sie zu Juan Bautista, Juanico. Halt das Papier von dir weg, die Farbe ist noch nicht trocken und ich möchte nicht, dass sie verwischt wird. Ich hatte eine Verabredung, aber ich werde sie absagen. Ich habe das Bedürfnis, heute selbst die Rosenkranzandacht in der Kapelle zu besuchen, und vielleicht, wer weiß, besuche ich möglicherweise nach dem Segen diese einsame Bildergalerie.«

Ich konnte mir nicht sicher sein, was er vorhatte, und zitterte, als ich Juan Bautista das Briefchen gab. Aber er wusste sofort, dass der Herr seine Zustimmung nicht verweigern würde, als er das »V« sah. Und Paquita, die die feinfühlige Art ihres Vaters kannte, fasste Mut aufgrund der scharlachroten Blume.

Ich war nicht bei ihnen während der Rosenkranzandacht. Der Herr hatte mich auf eine Besorgung geschickt, die mich aus dem Palast führte. Aber an diesem Abend war nur Freude und Gesang bei Tisch und die Gesichter der beiden jungen Leute strahlten wie Sterne. Der Herr wirkte ruhig und reserviert wie immer. Die Herrin jedoch weinte schniefend in ihr Taschentuch. Es gab einen Nachtisch aus Eierschaum mit Sherry, etwas, was sie sehr liebte. Gewöhnlich nahm sie zwei Schalen davon, aber an diesem Abend schob sie ihre weg und wollte nicht davon probieren. Der Herr saß da und schlürfte an einem Glas Portwein.

»Aber Juana, meine Liebe«, fragte er, »ist es so schlimm, mit einem Maler verheiratet zu sein?«

Bei diesen Worten schluchzte sie laut auf und warf sich ihm an den Hals.

»Es ist himmlisch! Das weißt du, mein Diego!«

Er tätschelte ihre Schulter und gab ihr einen leichten Kuss aufs Haar.

»Dann wollen wir Paquita auch ein Stückchen vom Himmel gönnen«, sagte er. Dann war es Paquita, die in Tränen ausbrach und sich ihm von der anderen Seite in die Arme warf.

»Diese Frauen wollen mich nicht meinen Wein austrinken lassen«, beklagte er sich. Aber er lächelte dabei und blickte Juan Bautista fest an. Der junge Mann sprang auf, lief um den Tisch, ergriff die Hand des Herrn und küsste sie.

Am nächsten Tag malte der Herr das Porträt fertig. Er arbeitete schnell, wie er es immer tat, wenn er sich endgültig entschieden hatte, was er wollte. Sein Pinsel bewies mit jedem bisschen Farbe, das er auftrug, die Freude und Liebe des jungen Mädchens, ihr ungetrübtes Glück, ihre Unbekümmertheit und ihre Hoffnung. Genau unter die Schleife ihrer Schärpe malte er die kleine rote Blume und platzierte so einen Funken Farbe, der der ganzen Komposition Zusammenhalt gab.

Es war ganz die liebe Paquita, die immer so freundlich zu mir war, so lebhaft, froh und lustig, die kleine weiche und hilflose Sachen liebte und Gottes Rankengewächse und Blumen! Paquita, die mich zu ihrem Vertrauten machte, so dass ich Anteil an der Freude über ihre Heirat haben konnte.

Sie liegt nun schon so lange im Grab. Aber das waren sehr glückliche Tage, die wir damals erlebten. Es tut mir im Herzen gut, mich daran zu erinnern.

Neuntes Kapitel, in dem ich bei Hofe Freundschaften schließe

Ungefähr ein Jahr nach Paquitas Hochzeit begleitete ich den Herrn auf einer Reise mit der königlichen Familie in den Norden Spaniens. Als ich von dieser Unternehmung erfahren hatte, war ich sehr beunruhigt, denn ich wusste nicht, wo ich die vielen Bilder und Zeichnungen verstecken konnte, die ich insgeheim gemacht hatte, und ich wollte sie nicht vernichten. Es gab niemanden, dem ich sie anvertrauen konnte, da ich mit ihrer Herstellung gegen das Gesetz verstoßen hatte. Während ich warme Kleidung und Malutensilien für das Gepäck des Herrn bereitlegte, war ich daher schweigsam und bekümmert, bis sogar er es bemerkte und mich darauf ansprach. Ich bin nämlich, falls ich es noch nicht gesagt habe, sonst eher fröhlich veranlagt und oft sang oder summte ich, wenn ich meine Aufgaben erledigte. Ich hatte während meiner Jugend eine schöne Bassstimme, sehr tief und kräftig, und der Herr lauschte gern meinem Gesang.

Nun fragte er mich, warum ich so mürrisch sei. Ich beschloss, ihm einen Teil der Wahrheit zu sagen.

»Ich muss ein paar besondere Schätze zurücklassen«, sagte ich, »und ich weiß nicht, wo ich sie sicher aufbewahren kann.«

»Das ist alles? Ich werde dir eine Kiste mit einem Schloss machen lassen. Da kannst du deine Sachen hineintun und sie hier in meinem Atelier lassen, das wird ständig bewacht«, sagte er.

Er hielt Wort und ließ einen Schreiner kommen, der Rahmen und Kisten für uns gemacht hatte. Der zimmerte mir eine schwere Truhe und versah sie mit einer Zunge und einem Ring aus Eisen, durch den ich ein Schloss schieben und abschließen konnte. Sobald ich Zeit hatte, legte ich all meine Schätze in diese Kiste – meine Gemälde und Zeichnungen (soweit sie mir wert schienen, aufbewahrt zu werden), eine Kette aus leuchtend grünen Perlen, die ich manchmal trug, einige Tücher mit glänzenden Streifen, die ich in Italien gekauft hatte, ein Fläschchen Duftwasser aus Jasmin und Rosen, mit dem ich mir Haar und Hände parfümierte, bevor ich bei einem Staatsbankett den Herrn bediente oder hinter seinem Stuhl stand. Ich besaß auch ein paar Schmuckstücke für eine Frau, in Italien mit Münzen gekauft, die mir der Herr gegeben hatte. Ich dachte, dass ich die eines Tages meiner Frau schenken könnte – obwohl der Herr nie davon gesprochen hatte, mir eine Frau zu geben, und meine erste Liebe Miri unvergessen war. Nie mehr hatte ich ein anderes Mädchen mit verliebten Augen angesehen.

Die ganze Idee dieser Reise, die vor uns lag, gefiel mir nicht. Es war nämlich ein Jagdausflug. Wir hatten den König schon auf ähnlichen Exkursionen begleitet. Er liebte die Jagd sehr und ich wusste, dass sie jeden Tag Rehe, Fasanen und Hasen zurückbringen würden. Der Gedanke daran machte mich ganz krank. Ich konnte es nicht über mich bringen, irgendeinem Geschöpf wehzutun, nicht einmal einer Maus, und kann es bis auf den heutigen Tag nicht. Die Köchin hatte es längst aufgegeben, mich in die Küche zu rufen, um die kleinen trippelnden Tiere zu erschlagen, wenn sie über die Borde rannten, denn ich weigerte mich, das zu tun. Einmal hatte ich fünf winzige neugeborene rosa Mäuschen in einem Sack mit trockenem Korn gefunden und hatte versucht sie zu retten. Ich bemühte mich, sie mit warmer Milch und Wasser aufzupäppeln, aber das misslang und ich musste die kleinen zarten Körperchen begraben. Jetzt zitterte ich bei dem Gedanken an das Knallen und Schießen, die Todesschreie der Hasen, die blutigen Federn, die verwundeten Rehe.

Aber der Herr hatte gesagt, ich müsste ihn begleiten, und mir blieb keine andere Wahl. Ich konnte noch nicht einmal Krankheit vorschützen, denn ich war niemals krank.

Er selbst war kein Jäger und ich hatte nie ein Gewehr in seinen empfindlichen Händen gesehen. Er hatte die Absicht, in den Wäldern einige Porträts vom König in Jagdgewändern und auf seinem Paradepferd zu machen. Deshalb rieb ich all die Erdfarben, die er vielleicht brauchen würde, sowohl Grün wie auch Ocker.

Die Herrin wollte nicht mitkommen, obwohl Seine Majestät freundlicherweise angeboten hatte, ihr ein besonderes Zelt mit allen Bequemlichkeiten errichten zu lassen.

Paquita hatte eine zarte Gesundheit und erwartete ihr erstes Kind. Die Herrin wollte sie nicht allein lassen.

Ich schickte mich in das Unvermeidliche. Mit dem Herrn wartete ich in einem Versteck aus Zweigen im Wald, während der König auf seinen großen Jagdrössern vorbeipreschte, und reichte dem Herrn die Farben und Pinsel, die er für seine schnellen Skizzen benötigte. Später ordnete ich die steife, blutverschmierte Jagdbeute zu Kompositionen an, von denen der Herr eine ganze Menge malte.

Einmal schaute er mich streng an. Er sah, dass mir Tränen über das Gesicht strömten, als ich ein Reh zurechtlegte, aus dessen Maul noch ein wenig Blut rann, und einen weichen Hasen, dessen Ohren so fein von roten verzweigten Äderchen durchzogen waren.

»Ist dir das so zuwider?«, fragte der Herr erstaunt.

»Gott hat diesen Geschöpfen Leben gegeben, und es tut mir weh, zu sehen, wie es ihnen so gewaltsam entrissen wird.«

»Aber du isst doch Fleisch bei Tisch, Juanico.«

»Ich weiß. Ich schäme mich, aber ich tu's.«

»Du bist ein sanftmütiger Mensch«, sagte er sinnend. »Du musst von ganz wunderbaren Leuten abstammen.«

»Meine Mutter war sehr gut und liebenswert.«

»Ja, meine Tante hat mir das berichtet.«

Meine Anhänglichkeit an den Herrn war stark und ich konnte nicht zulassen, dass er sich aus der Gruppe der zart fühlenden und mitleidigen Menschen ausschloss, nur weil ihn der Tod der gejagten Tiere nicht mitnahm.

»Ihr seid auch ein guter Mensch, Herr, und sehr gütig«, erklärte ich eifrig, »auch wenn Ihr die Tiere hier ohne Gefühl malt.«

»Oh, aber ich habe Gefühle, starke Gefühle«, entgegnete er und betrachtete mit angestrengter Aufmerksamkeit die Halswunde eines Rehs. »Aber mein Gefühl ist das distanzierte Gefühl eines Geistes oder eines Engels, von jemandem, der nicht von dieser Welt ist. Maler sind so, denke ich. Sie erziehen sich dazu. Wir müssen das Wesen von dem wiedergeben, was wir sehen, ohne zusätzliche Striche. Eigene menschliche Gefühle dürfen da nicht mitspielen. Dann würde die Hand zittern. Und man wäre versucht, über alles Schmerzliche oder Abstoßende einen sanften Schleier zu legen.«

»In Italien«, begann ich schüchtern, denn ich hatte es gern, wenn er so zu mir sprach, »habe ich den Malern in den Galerien zugehört. Sie sagten, alles, was nicht schön ist, sollte unterdrückt oder verborgen werden.«

»Ich bin demütiger als sie«, antwortete er. »Ich habe nicht die Absicht, die Werke Gottes zu verbessern. Ich zeige nur voller Hochachtung, was Er geschaffen hat.«

Eines Tages kam der König vorbei, mit dem Gewehr in der Hand und mit seinem Jagdhund. Ich sagte: »Corso sieht traurig aus. Ist er krank?«

Natürlich konnte ich nicht selbst den König ansprechen, der so tat, als ob er mich nicht gehört hätte. Aber der Herr wiederholte meine Worte und fügte hinzu: »Mir scheint, der Hund sieht wirklich niedergeschlagen aus, Majestät. Hat er keinen Appetit?«

»Ja, ich fürchte, so ist es«, antwortete der König besorgt, beugte sich nieder und tätschelte den Kopf des Hundes. »Ich habe ihm zum Frühstück ein paar Leckerbissen gegeben und er hat sie ins Maul genommen. Aber dann hat er sie weggeworfen, ohne sie zu fressen.«

»Mein Diener Juanico ist geschickt darin, Haustiere gesund zu machen«, sagte der Herr. »Wenn Eure Majestät befehlen, werde ich ihn Corso behandeln lassen.«

Der König stand still und überlegte. Er tat das immer so. Er war ein besonders vorsichtiger und sorgfältiger Monarch. Dann blickte er mich mit seinen nachdenklichen hellblauen Augen an.

»Ich bin einverstanden, dass dieser Euer Sklave es versucht«, erklärte er schließlich. Und er winkte mich näher, damit ich den Jagdhund untersuchen konnte.

Ich hatte oft den Hündchen meiner ersten Herrin Medizin gegeben, denn sie wurden immer mit zu viel Fleisch und Brot gefüttert. Diese Nahrung war zu schwer für Tiere, die eigentlich auf den Feldern herumrennen, Bewegung haben und dabei die Kräuter fressen sollten, die sie brauchten.

»Ich muss dem Hund das Maul öffnen«, sagte ich zum Herrn. Er wiederholte es.

»Corso«, befahl der König, denn das Tier gehorchte nur ihm, »halt still.«

Ich berührte den Kopf des Hundes, der sich seidenweich

anfühlen sollte, stattdessen aber trocken und rau wirkte, während er mich mit großen misstrauischen Augen anblickte. Dann öffnete ich vorsichtig die Schnauze und senkte meinen Kopf, um den Atem des Tieres zu riechen. Er hatte einen starken metallischen Geruch. Das verwirrte mich. Ich überlegte mir auch, dass Corso viel Bewegung hatte und überall in der Nähe des königlichen Lagers die Gräser fressen konnte, die diese Tiere zu sich nehmen, um sich zu reinigen.

Wegen des merkwürdigen Geruchs von Corsos Atem und wegen des feinen Films, den ich auf den weißen Zähnen sah, die eigentlich sauber glänzen sollten, hatte ich einen anderen Verdacht. Vorsichtig befühlte ich die Seite des Hundes, bis er plötzlich vor Schmerz aufjaulte und sich zitternd an das Bein des Königs schmiegte. Seine Majestät streichelte Corso und versuchte ihn zu beruhigen.

»Ich glaube, der Hund hat eine kranke Leber«, erklärte ich dem Herrn. »Vielleicht hat sich dort ein Parasit eingekapselt.«

Das Ergebnis war, dass Corso mir anvertraut wurde und ich mich um ihn kümmerte – nicht ohne Befürchtungen meinerseits. Mir war nämlich eingefallen, dass, wenn ich keinen Erfolg haben und der Hund sterben sollte, der Zorn Seiner Majestät sich gegen mich wenden könnte. Aber Gott war auf meiner Seite. Auf den Feldern ringsum fand ich Kräuter für ein Gebräu, das die Leber des Hundes stark anregte. Nach zwei Tagen stieß er den Parasiten aus. Von da an ging es ihm immer besser und er begann wieder herumzuspringen und gierig zu fressen. Nach einer Woche konnte ich den lebhaften und lustigen Corso wieder zu den Jagdzelten des Königs zurückbringen. Corso scharwenzelte vor mir herum, rannte dann zum König und wieder zu mir zurück, stupste erst Seine Majestät, dann mich, den niedrigen Sklaven, liebevoll mit dem Kopf und gab uns Hundeküsse. Ich sah das sehr seltene und sehr liebevolle Lächeln Seiner Majestät.

»Ich danke dir«, sagte er einfach und hielt mir einen Samtbeutel voller Dukaten hin.

Der Herr war sehr stolz auf mich und wollte das Geld nicht annehmen, das von Rechts wegen ihm gehörte, da Sklaven nicht gestattet ist, Eigentum zu besitzen.

»Nein, tu die Dukaten in deine Schatztruhe«, sagte er. »Kauf dir selbst etwas. Vielleicht einen Amethystring.«

Der Herr schaute Juwelen gerne an und betrachtete sie oft genau in unterschiedlicher Beleuchtung, obwohl er selbst nie Schmuck trug. Für seine Augen war nichts zu wunderbar oder zu schrecklich. Aber es lag ihm nichts daran, sich zu schmücken, und er tat es auch nie.

Als wir nach dem Jagdausflug in den Palast zurückgekehrt waren, wandte sich das Interesse des Herrn jenen kräftigen und oft Mitleid erregenden Geschöpfen zu, die der König um sich hatte, um mit ihnen seine Familie und den Hof zu unterhalten. Es gab da ein paar erfahrene alte Schauspieler, die Witze erzählten und Rollen in verschiedenen Kostümen spielten. Der Herr zog sie oft dazu heran, historische oder mythologische Figuren darzustellen. Sie setzten dann ihren ganzen Ehrgeiz darein, die richtige Pose und den überzeugendsten Ausdruck für diese Bilder zu finden.

Außerdem gab es immer einige Zwerge und einen oder zwei sanfte Schwachsinnige, deren andauerndes Gelächter Ihrer Majestät anscheinend gefiel. Er kümmerte sich sehr gut um all diese Spaßmacher, gab ihnen ordentliche und warme Kleidung und reichlich zu essen und zu trinken. Für die Zwerge ließ er von Schneidern besondere Anzüge und von Schustern Stiefelchen anfertigen, die an die missgebildeten Füße passten.

Da der Herr diese Hofnarren bei verschiedenen Gelegenheiten malte, wurde ich mit ihnen allen gut bekannt. Der schwachsinnige Junge namens *El Bobo* konnte nicht vernünftig reden und lachte die meiste Zeit. Der arme Kerl war aber gutmütig und jedermann im Palast behandelte ihn liebevoll. Er war einer von Gottes Unschuldigen, wie man sagt. Der kleine Prinz Baltasar Carlos ließ sich gerne von ihm in den Armen herumtragen und klammerte sich vertrauensvoll an ihn. Der Herr malte *El Bobo* und auch den kleinen Zwerg *El Niño de Vallecas.* Der war ein ständiger Begleiter des jungen Prinzen und, obwohl ein erwachsener Mann, nicht größer als der dreijährige Baltasar Carlos.

Dieser Zwerg, der *Niño de Vallecas* (sein richtiger Name war Francisco Lezcano), war auf dem Lande entdeckt und an den Hof gebracht worden. Der König war nämlich ständig auf der Suche nach derart kleinwüchsigen Menschen.

Dieser hatte einen höchst missgestalteten und verdrehten Körper und litt – mit Unterbrechungen – große Schmerzen. Ich massierte ihn oft, um die verspannten Muskeln seiner krummen Beine und des buckligen Rückens aufzuweichen und zu lockern. Er war nicht übermäßig intelligent – ich glaube, seine Schmerzen führten dazu, dass er immer wieder vergaß, was er wusste –, aber wir wurden Freunde. *Niño de Vallecas* lebte sieben oder acht Jahre im Palast, bevor er starb.

»Wir sind Brüder, du und ich«, sagte er oft in seiner merkwürdig tiefen Männerstimme, »weil wir eingeengt sind durch die Art, wie wir geboren wurden. Du bist als starker, schöner normaler Mensch geboren, aber schwarz. Ich bin geboren, wie ich bin, ein erwachsener Mann im Körper eines kriechenden Kindes. Warum hat Gott uns diese Last auferlegt, Juanico?«

»Vielleicht, um uns demütig zu machen. Unser Herrgott wurde auch verachtet und zurückgewiesen, wie du dich erinnerst. Er hat es uns selbst gesagt. Und Er hat gesagt: ›Wer sich erhöht, der wird erniedrigt werden, und wer sich selbst erniedrigt, der soll erhöht werden.‹«

»Sei vorsichtig, was du sagst, es könnte als Hochverrat angesehen werden. Unser König ist sehr hoch.«

»Er ist in seine Stellung hineingeboren worden. Er ist trotzdem ein freundlicher Mensch, der auf den Gängen zu mir spricht und mich manchmal liebevoll berührt.«

»Mein armer Juanico, du bist mit sehr wenig zufrieden.«

»Gar nicht. Aber ich bin ein schuldbeladener Mensch.

Deshalb bemühe ich mich, nicht gegen den Stand aufzubegehren, in den ich hineingeboren bin.«

Und … jetzt wundere ich mich darüber … aber ich denke, mein Geheimnis hatte schon so lange mein Gewissen belastet, dass ich es jemandem mitteilen musste. Jedenfalls berichtete ich *Niño de Vallecas* von meiner leidenschaftlichen Liebe zur Kunst und meinem Verlangen zu malen. Er hörte mir zu und lächelte voller Mitgefühl. Dann tätschelte er nur meine Hand mit seinen eigenen verkrüppelten Fingern. Trotzdem fühlte ich mich getröstet.

Der Herr malte ihn, wie er lachte, aber in diesem sorglosen Ausdruck enthüllte er ironischerweise die ganze Tragik seines Zwergenlebens.

Es gab noch andere Zwerge am Hof. Einer war ein kleiner bärtiger Mann, keine drei Fuß groß und mit dem verhärteten, gerissenen Gesicht eines abgekämpften Soldaten. Ein anderer, mit einem edlen und bleichen Antlitz, hatte tatsächlich die Aufsicht über die Bücher in der Kanzlei. Er war irgendwie der Mitleiderregendste von allen, denn er hatte das Gesicht eines Intellektuellen und seine tief liegenden, traurigen Augen waren höchst intelligent. Und doch hatte er einen kleinen, zusammengeschrumpften Körper, und die Hände, mit denen er die Seiten der großen Bücher umblätterte, waren nicht größer als die des kleinen Prinzen. Er hieß Diego de Acedo. Der König redete ihn allerdings manchmal leutselig als Cousin an. Ich fragte mich gelegentlich, warum. Geschah es, weil beide bleich waren und traurige Augen hatten? Oder weil beide Bücher und

Zahlen liebten? Oder war vielleicht der arme Diego tatsächlich irgendein Verwandter? Adlige Familien würden wohl kaum stolz auf ein missgestaltetes Kind sein. Und sie hatten Möglichkeiten, es zu verstecken oder armen Familien unterzuschieben, die froh über das Geld waren, wenn sie für solche ungewollten kleinen Wesen sorgten. Nun, ich werde das nie erfahren, wie ich auch ins Grab gehen werde, ohne viele andere Dinge zu verstehen, die mich beschäftigt haben.

Eine Zeit lang war mir die große Sorgfalt zuwider, mit der der Herr diese missgestalteten und Mitleid erregenden Geschöpfe malte. Er hielt sich nur an die Wahrheit, wie er es sah. Er hatte mir das oft genug erklärt. Trotzdem wirkte es auf mich hartherzig, sogar grausam. Aber Jahre später erkannte ich beim Betrachten dieser Porträts, was er getan hatte und was ein Beschönigen ihrer Missbildungen nicht geleistet hätte: Er hatte, in jedem einzelnen Fall, eine eingekerkerte Seele gemalt.

Zehntes Kapitel, in dem ich beichte

Unsere Lehrlinge kamen und gingen. Der Herr suchte sie sich nicht aus, aber oft fühlte er sich verpflichtet, ein Bürschchen unter seine Fittiche zu nehmen, dessen Vater, ein Höfling, ihn darum bat.

In diesen späteren Jahren nach Paquitas Heirat war das Atelier ein stiller, sogar ein trübseliger Ort, denn der Herr stellte für zwei oder drei Jahre überhaupt keine Lehrlinge mehr ein. Diejenigen, die er in Betracht ziehen musste, schickte er zu Paquitas Mann Juan Bautista. Zweifellos dachte er, die jungen Leute könnten das bisschen Geld gut gebrauchen, das die Knaben einbrachten, sei es durch das Lehrgeld, sei es durch den Verkauf von Kopien, die sie von Bildern ihres Meisters anfertigten. Er hatte auch das Gefühl, dass Paquita mit ihrem neugeborenen Mädchen jede Hilfe und die Gesellschaft junger Leute um sich herum haben sollte. Sie hatte eine schwere Geburt hinter sich und war seitdem nicht mehr ganz gesund, sondern neigte zu Tränen und Niedergeschlagenheit.

Dann kam eines Tages ein junger Mann auf einem schwer beladenen Maultier in unseren Innenhof geritten. Er war einfach gekleidet, mit einem weißen Hemd und wollenen Kniehosen. An den Füßen trug er billige Stoffschuhe, die an den Knöcheln zugeschnürt waren. Auf dem Rücken des Maultiers waren ein Kleiderbündel festgezurrt, eine Decke, eine Gitarre und Malutensilien.

»Hallo!«, rief er zu mir hoch. Ich blickte von unseren Fenstern im zweiten Stock zu ihm hinab. »Ich bin gekommen, um Meister Velázquez meine Aufwartung zu machen!«

Ich rannte die Treppen hinunter, um ihn nach seinem Begehr zu fragen. Als ich im Hof angelangt war, hatte er schon damit begonnen, sein Maultier abzuladen. Dabei sang er ein fröhliches Lied.

Ich blieb auf der Stelle stehen.

Das unbeschwerte Singen war wunderschön anzuhören. Mir wurden plötzlich die Stille und Traurigkeit bewusst, die in unserem Hause geherrscht hatten, seit Paquita gegangen war und die Herrin die Hälfte ihrer Zeit im Haus ihrer Tochter verbrachte, um sie zu unterstützen und aufzuheitern.

»Ich bin Juan de Pareja, der Diener des Meisters«, erklärte ich ihm. »Bevor Ihr abladet, wollen wir lieber klären, ob Ihr bleiben könnt.«

»Oh, ich werde schon bleiben!«, rief der junge Mann zuversichtlich. »Ich habe Briefe von einigen seiner alten Freunde in Sevilla. Und außerdem, selbst wenn ich abgewiesen werde, müsst Ihr mein Maultier ausruhen lassen. Armer alter Rata!« Er tätschelte die Nase des niedergeschlagen wirkenden Tieres. »Er hat einen langen Weg hinter sich und ist müde!«

Seine liebevolle Behandlung des Tieres nahm mich unwiderstehlich für ihn ein. So etwas ging mir immer sehr zu Herzen.

»Ich will den Herrn fragen, ob Ihr ihn sprechen könnt«, sagte ich. »Wen kann ich melden?«

»Bartolomé Esteban Murillo. Aus Sevilla. Und ich bin gekommen, um bei ihm in die Lehre zu gehen und von ihm zu lernen, denn er ist der beste Maler auf der ganzen Welt!«

Er war untersetzt und breit gebaut, mit einem runden dunklen Gesicht ohne bemerkenswerte Züge außer den schönen braunen Augen. Sie waren groß und lebhaft und funkelten freundlich und gut gelaunt. Sein Haar, vom Herbstwind zerzaust, von dunklem Kastanienbraun und gelockt, trug er ziemlich lang, aber sicherlich nicht aus Angabe, sondern weil er kein Geld hatte, es schneiden zu lassen. Auf der braunen Brust, die man im offenen Ausschnitt des von der Reise schmutzigen Hemdes sehen konnte, hing ein Kreuz an einer schwarzen Lederschnur.

»Geht voran, Señor Pareja«, sagte der junge Mann. »Ich möchte meine Augen satt sehen am besten Maler, der je gelebt hat!«

Ich war noch nie im Leben Señor Pareja genannt worden. Sklaven werden so nicht angeredet. Es bewies die Unwissenheit des jungen Mannes oder vielleicht nur, dass er mit seinen Gedanken woanders war. Ich sagte nichts dazu. Er würde es bald mitbekommen. Jedermann nannte mich Juanico.

»Wenn Ihr Briefe habt, wird der Herr Euch sofort sehen wollen«, entgegnete ich. »Folgt mir.«

Der junge Mann klopfte auf seine bauchige Schärpe, um sich zu vergewissern, dass die Briefe gut aufgehoben waren, und kam hinter mir hergestiefelt. Aber dann drehte er sich um und sagte: »Kann ich erst etwas Wasser für mein Muli bekommen? Der arme Kerl hat Durst.«

Ich ging selbst einen Eimer Wasser holen. Das gab mir Zeit, über Señor Murillo aus Sevilla nachzudenken. Jetzt hoffte ich, dass der Herr diesen einfachen jungen Mann als Lehrling annehmen würde, denn ich mochte ihn sehr.

Nachdem der alte Rata seine Nase in den Eimer Wasser gesteckt und ich etwas Futter für ihn gefunden hatte, machte Bartolomé ihn im Schatten fest. Erst als das alles erledigt war, drehte er sich um und war bereit, mir ins Atelier zu folgen.

An dem Tag hatte der Herr damit begonnen, eine Idee zu verwirklichen. Er wollte verschiedene Personen im gleichen Raum so malen, dass ihr Ebenbild von Spiegeln zurückgeworfen wurde. Er war damit beschäftigt, diese hier und dort aufzustellen und ihre Position zu überprüfen, dann zur Staffelei zu gehen, um die Proportionen der reflektierten Bilder zu betrachten und ein paar Linien zu skizzieren.

Er war nicht zufrieden und gerade dabei, einige seiner Kohlestriche mit einem sauberen weißen Tuch auszuwischen, als wir in die Tür traten.

Bartolomé sprang vor, fiel auf ein Knie, ergriff die Hand

des Herrn, die noch den Malfetzen hielt, und presste sie an die Lippen.

»Bartolomé Esteban Murillo«, stellte er sich vor. Ich sah, dass seine dunklen Augen vor Rührung tränenfeucht waren. Der Herr betrachtete den knienden jungen Mann ausdruckslos. Ich hatte keine Ahnung, was er dachte.

»Ihr habt Kohlestaub im Gesicht«, sagte er schließlich. »Erhebt Euch, junger Mann. Man sollte nur vor dem König das Knie beugen und nur ihm die Hand küssen. Was bringt Euch hierher?«

Bartolomé hatte es die Sprache verschlagen. Er erhob sich und nahm zwei Briefe aus seiner Schärpe und gab sie dem Herrn. Der wischte sich sorgfältig die Hände sauber und setzte sich dann auf seinen großen Stuhl am Fenster. Er öffnete die Umschläge und las.

»Es ist schön, Neuigkeiten von alten Freunden zu erhalten«, sagte er und drehte sich um. »Ihr seid also ein Maler, Murillo?«

Bartolomé bekreuzigte sich völlig natürlich und antwortete: »Mit Gottes Hilfe male ich manchmal ganz gut. Aber ich muss noch viel lernen und möchte in Eurem Atelier arbeiten.«

»Habt Ihr ein paar von Euren Werken mitgebracht, um sie mir zu zeigen?«

»Ja, sicher!« Und ohne sonst noch etwas zu sagen, eilte Bartolomé die Treppen hinab zu dem Gepäck, das er neben seinem Maultier gelassen hatte. In ein paar Minuten war er mit einigen Rollen Leinwand wieder zurück. Instinktiv wählte er den günstigsten Platz für sich, um seine Malerei in guter Beleuchtung zu zeigen. Eine nach der anderen entrollte er die Leinwände.

Schweigend betrachtete der Herr sorgfältig jede einzelne.

»Ihr malt Heilige und Engel«, stellte er in dem ihm eigenen trockenen, ernsthaften Ton fest. »Aber Ihr malt nach lebenden Modellen.«

Bartolomé trat lächelnd vor, er brannte darauf, zu erklären.

»Christus ist in jedem von uns«, erläuterte er. »Wenn ich einen Heiligen malen muss, finde ich das Heilige im Gesicht von jedem, der gerade anwesend ist. Es ist immer da. Und für die Engel benutze ich kleine Kinder. Es gibt kaum einen Unterschied zwischen einem Engel und einem Kind!«

Der Herr betrachtete sein Gesicht und dann sah ich, wie sein seltenes, zögerndes Lächeln ein wenig die Lippen kräuselte und die tief liegenden Augen erhellte.

»Juanico, hilf Murillo, seine Sachen heraufzubringen. Und gib ihm das kleine Zimmer neben deinem.«

»Maestro!« Bartolomé machte einen heftigen Schritt nach vorn, als wollte er noch einmal die Hand des Herrn ergreifen. Der aber verbarg sie schnell hinter dem Rücken und lachte laut.

»Beherrsch dich, Murillo! Ich bin solch offene Schmeichelei nicht gewöhnt. Du wirst mir noch den Kopf verdrehen!«

»Oh, vergebt mir. Es ist nur, weil ich so glücklich bin!«

So kam es, dass er bei uns lebte und wieder Lachen, Singen und Fröhlichkeit in unser stilles Atelier brachte.

Die Scherze, die Murillo den ganzen Tag lang machte, und die Lieder, die er nach dem Abendessen zur Gitarre sang, bereiteten der Herrin viel Freude. Wenn er im Atelier war, malte er unermüdlich. Zunächst ließ der Herr ihn ein paar von seinen eigenen religiösen Werken kopieren, denn dauernd kamen Aufträge von Kirchen und Klöstern herein und er selbst konnte sie gar nicht alle ausführen. Dann ließ er Bartolomé nach und nach einfach neben sich malen, machte Vorschläge und Korrekturen, während Bartolomé zuhörte und lernte. Der Herr ließ auch wieder Modelle kommen, besonders Straßenkinder, die die Herrin in der Küche fütterte und hätschelte, und alte Männer, denen sie warme Mäntel und andere getragene Kleidungsstücke schenkte. Der Herr malte die Männer in der Aufmachung großer historischer Gestalten oder im Gewand von Heiligen oder frommen Leuten. Murillo sah in jedem von ihnen das Leuchten Christi. Der Herr dagegen interessierte sich mehr für das, was sie individuell darstellten, was sie von jedem anderen unterschied. Auf diese Weise fand er seine Wahrheit.

Nun muss ich gestehen, dass ich in dieser glücklichen, ruhigen Zeit, als die Herrin dem Mittags- und Abendtisch vorstand, als der Herr den ganzen Tag zusammen mit Bartolomé arbeitete und als Paquita oft mit ihrem pummeligen, dunkeläugigen Töchterchen zu Besuch kam, dass ich mich in dieser Zeit wieder leidenschaftlich meinem geheimen Laster, dem Malen, zuwandte. Ich benutzte die Dukaten, die der König mir gegeben hatte, um Leinwand und Pinsel zu kaufen, und ich stahl, Gott helfe mir, ständig Farben. Ich machte immer weiter, weil ich den Eindruck hatte, dass ich endlich Fortschritte machte in dieser schwierigen, anspruchsvollen Kunst. Warum sollte ich auch nicht? Ich arbeitete ja beim größten Meister der Welt, wenn auch mein Werk für ihn unsichtbar blieb. Und auch von Murillo konnte man lernen, obwohl er anders als der Herr malte, da er allgemein weicher und gefühlvoller war. Ich kopierte beide sorgfältig und begann auch meine unmittelbar eigenen Studien zu machen – von Farbe, Licht und Schatten und der Perspektive. Jeder im Haus war beschäftigt und glücklich und daher nicht misstrauisch. Ich hatte viele Stunden ganz für mich allein. Das war es auch, was mein Gewissen belastete und mich die ganze Zeit unglücklich machte – dass der Herr mir vertraute.

Insbesondere war ich ganz krank vor nagender Reue, wenn ich mit Murillo die Frühmesse besuchte. Er ging täglich zur Kommunion und oft bewunderte ich, wie Gott seine gewöhnlichen Gesichtszüge in ein heiliges Leuchten tauchte, wenn er sein rundliches, bäuerliches Durchschnittsgesicht mit geschlossenen Augen hochhob, um die Hostie zu empfangen. Und ich? Ich konnte nicht versprechen, dass ich aufhören würde, den Herrn zu täuschen, seine Farben zu stehlen und selbst zu malen. Deshalb konnte ich nicht zur Beichte gehen und Vergebung erlangen. Beschämt und voller Schuldgefühle kniete ich da und konnte keine Gnade empfangen. Murillo, die gute Seele, begann sich deswegen Sorgen um mich zu machen.

»Juan, mein Freund«, sagte er mehrmals, »geh beichten! Reinige deine Seele, damit du die Eucharistie wieder empfangen kannst! Es gibt keine vergleichbare Freude auf Erden!«

Er nannte mich nie Juanico wie alle anderen. Aus dem Munde des Herrn und der Herrin und sogar aus Paquitas klang das gut in meinen Ohren, liebevoll, intim und freundlich. Aber ich mochte es überhaupt nicht, wenn mich andere Menschen so anredeten, denn sie behandelten mich dann gedankenlos wie vielleicht einen Hund. Und doch konnte ich als Sklave nicht erwarten, »Señor Pareja« genannt zu werden. Ich musste mich jedes Mal zusammenreißen, wenn irgendein Fremder mit den Fingern nach mir schnippte und mich »Juanico« nannte. Mein Ärger darüber wurde auch mit den Jahren nicht geringer. Sooft es ging, tat ich dann so, als ob ich es nicht gehört hätte. Ich mochte Bartolomé, weil er in seiner Liebenswürdigkeit die richtige Form der Anrede fand: »Juan, mein Freund«.

»Juan, *amigo*«, sagte er, »wenn ich kann, lass mich dir helfen.«

»Ich werde es mir überlegen«, versprach ich.

Und ich überlegte. Ich wälzte mein Problem hin und her. Aber ich konnte mich nicht dazu durchringen, mit ihm darüber zu sprechen oder zur Beichte zu gehen. Und das war eine Qual, denn jederzeit konnte ich krank werden oder einen Unfall haben. Und wenn ich starb, dann hätte ich sündenbeladen vor dem Richterstuhl erscheinen müssen, ohne Beichte, ohne Reue, ohne Vergebung.

Dann versuchte ich in meinem Zimmer versteckt eine Heilige Jungfrau zu malen. So kühn war ich. Aber ich hatte das übermächtige Bedürfnis, auf Leinwand das zarte, jugendliche Antlitz festzuhalten in dem Augenblick, als ihr der Engel erschien und sprach: »Gegrüßet seist Du, Du bist voll der Gnade! Du bist gebenedeit unter den Frauen!«, und Ihr verkündete, dass Sie Gottes Mutter sein sollte.

Ich hatte ein gutes Stück Leinwand aufgespannt, das mich viel Geld gekostet hatte, und ich hatte die Figur in ganzer Größe mit gefalteten Händen vorgezeichnet. Sie hielt die Augen gesenkt und hatte ein feierlich ernstes Gesicht, wie es sich für eine Jungfrau geziemt, die gerade eine so überirdische Botschaft erhält. Alle Proportionen stimmten. Alles war bereit für den Farbauftrag. Ich hatte mich viele Stunden lang mit dieser Zeichnung abgemüht.

Endlich war ich so weit, Farbe aufzulegen. Ich hatte zwei Pinsel zur Hand, einen feinen, zarten aus Eichhörnchenhaar und einen gröberen, schwereren für die kräftigeren Striche.

Ich fing an. Viel Sorgfalt hatte ich darauf verwandt, die Kleidung zu skizzieren – wie der Rock die jugendlichen Glieder einhüllte, wie die langen Ärmel Falten warfen, wie der Umhang sich um das Haar legte und sich weich zum halshohen Oberteil des Kleides öffnete. Ich war glücklich bei der Arbeit und ich hatte den Eindruck, dass ich endlich die Technik des Herrn begriffen hatte, einen winzigen Lichtschein aufzulegen, wo der Stoff eine Falte warf, und einen weichen, tiefen Schatten, wo er herabfiel.

Ein paar Tage danach begann ich mit dem Gesicht. Zunächst trug ich die unterste Farbschicht auf, ein tiefes erdfarbenes Rosa, wie der Herr es immer tat. Dann malte ich die Farben darüber, Schicht für Schicht, bis die Tönungen der Haut vollkommen waren, Leben und Licht widerspiegelten und die Fülle des Fleisches, Adern und pulsierendes Blut unter der warmen Oberfläche ahnen ließen. Während ich malte und die Farben auf der Porzellanscherbe mischte, die ich als Palette benutzte, traten ein paar Veränderungen ein. Sie wurden von meinen Händen vorgenommen, während meine Augen staunend zuschauten, als hätte ich überhaupt keine Kontrolle über mich. Das Gesicht der Jungfrau wurde unmerklich dunkler, die Formen wurden weicher und runder. Das Gesicht verwandelte sich zu dem eines Mädchens meiner eigenen Rasse. Die Augen wurden riesig und samtschwarz und ließen kaum das glänzende Weiß um die Iris erkennen, die Nase breit mit sinnlich weiten Nüstern, die Lippen fleischig mit tief liegenden Winkeln. Wo das Haar unter der Haube des Umhangs zu sehen war, wurde es dunkel und kraus. Ich hatte eine Schwarze als Madonna gemalt.

Zunächst war ich mit meinem Bild zufrieden, sogar glücklich. Dann beschlich mich Kummer. Es schien, dass mir irgendein Teufel die Hand geführt und ich Unsere Liebe Frau als junge Schwarze gemalt hatte, um mich selbst zu erhöhen und zu verkünden, dass meine Rasse die auserwählte sei. Ich verbarg mein Gesicht in den Händen und weinte.

Dann überlegte ich: Könnte es sein, dass ein Engel mich angeleitet hatte, so zu malen? Damit ich einsehe, wie unrecht es war, heimlich zu versuchen, mich auf eine Ebene mit dem Herrn zu stellen, um ihm zu zeigen, dass ich so gut wie er sein konnte, so gut malen und die Schönheit meiner Rasse enthüllen konnte, gerade so wie er die Würde, den Stolz des Spaniers zeigte? Ich war völlig durcheinander. Ich wusste nicht, was ich tun sollte. So weinte ich und litt große Seelenqualen.

Bis ich mich an die Freundlichkeit von Bartolomé erinnerte und daran, dass er mich immer seinen Freund nannte.

Eines Tages, nicht lange nachdem ich mein Gemälde fertig gestellt hatte und bevor es getrocknet war, erkrankte der Herr an einem seiner lähmenden Anfälle von Kopfschmerz. Ich tat alles für ihn, was ich konnte, mit Massagen, kalten Tüchern auf den Nacken und Tees, die ihn zum Schlafen bringen sollten. Als er schließlich unruhig schlummerte und ich wusste, dass es ihm anschließend besser gehen würde, verdunkelte ich sein Zimmer und schlich hinaus. Die Herrin kam, um an seinem Bett zu wachen. Ich war für ein paar Stunden vollkommen frei. Plötzlich und endgültig entschied ich mich, Bartolomé um Hilfe zu bitten.

Ich suchte ihn im Atelier, wo er an einer sehr großen

Leinwand arbeitete, die mit Engeln und Wolken bedeckt war.

»Bartolomé, ich brauch deine Hilfe. Komm mit«, bat ich ihn einfach. Sofort legte er seine Palette nieder, säuberte sich die Hände und war bereit, mir zu folgen. Ich führte ihn in mein kleines Zimmer und schloss hinter uns die Tür. Sowie seine Augen sich an das Halbdunkel gewöhnt hatten, sah er mein Bild.

Vorsichtig stahl er sich zur Tür, um sie ein wenig zu öffnen, so dass das Bild gut beleuchtet war. Er betrachtete es sorgfältig gut zwanzig Minuten lang. Dann drehte er es behutsam zur Wand und schloss die Tür.

»Lass uns hinausgehen, wo wir ungestört sprechen können«, schlug er vor. Für den Fall, dass der Herr aufwachen und nach einem von uns fragen sollte, sagten wir der Köchin, dass wir in etwa einer Stunde zurück wären, und gingen. Draußen schlugen wir in wortlosem Einverständnis die Straße ein, die zu der kleinen Kirche führte, in der wir oft zusammen die Messe besuchten.

Bartolomé sah sich um, um sicher zu sein, dass uns keiner hörte, dann ergriff er meine Hand und sagte: »Es ist ein schönes Bild, *amigo*. Ich gratuliere dir! Du hast die Gestalt, den Faltenwurf, das Licht mit der ganzen Geschicklichkeit eines Schülers von Maestro Velázquez behandelt! Aber was beunruhigt dich so?«

»Es verstößt gegen das Gesetz, wenn ich, ein Sklave, male«, erklärte ich ihm.

Bei dieser Neuigkeit ließ er den Kinnladen fallen und

wirkte verärgert und verwirrt. »Aber wie kann das sein?«, widersprach er.

»So ist das Gesetz in Spanien. Sklaven dürfen Kunsthandwerker oder Handwerker sein, aber sie dürfen keine der Künste ausüben. Deshalb habe ich heimlich gemalt. Ich habe das Werk des Herrn über Jahre kopiert und Zeichnen geübt. Allein.«

»Ich bin ein Dummkopf«, sagte Bartolomé, »und blicke nie über meine Nasenspitze hinaus. Vielleicht habe ich von diesem Gesetz gehört, aber ich kann mich nicht erinnern. Ich bin arm. Meine Familie hat niemals Sklaven besessen. Aber, Juan, wenn du nie im Wettbewerb mit Freien gestanden hast, wie kann man dann annehmen, dass du das Gesetz gebrochen hast?«

In seinem schlichten Gemüt betrachtete er die Absicht als Kern des Gesetzes und konnte die Vorstellung nicht akzeptieren, dass ich schuldig geworden war.

»Und du hast gut studiert«, fuhr er fort. »Ich selbst wäre stolz darauf, die Leinwand zu signieren, die du mir eben gezeigt hast.«

»Du bist immer so freundlich. Aber, siehst du, das ist der Grund, weshalb ich nicht zur Beichte gehen kann. Der Priester würde mich auffordern, damit aufzuhören, und ich kann das nicht! Ich kann das nicht!«

»Nun warte«, sagte Bartolomé. »Wart einen Augenblick. Lass uns die Angelegenheit in Ruhe überdenken. Ist es denn eine *Sünde*, zu malen? Das habe ich noch nie gehört.«

»Aber ich bin ein Sklave!«

»Ist es denn eine Sünde, ein Sklave zu sein?«

»Nein. Es ist eine Ungerechtigkeit. Aber ich bin ein frommer Mann. Ich erwarte keine Gerechtigkeit hier auf der Erde, sondern nur im Himmel. Und ich bin kein aufsässiger Sklave. Ich liebe den Herrn und die Herrin.«

»Du bist ein guter Mensch. Und ich kann nicht erkennen, welches Unrecht du getan haben sollst. Wenn du beichtest, fragt dich der Priester dann nach deinem Stand? Fragt er: ›Bist du ein Sklave?‹, oder ›Bist du ein Sünder?‹«

»Er fragt nie. Ich sage nur, dass ich ein Sünder bin. Dass ich gesündigt habe.« Ich merkte, worauf er hinauswollte, und sah einen schwachen Hoffnungsschimmer.

»Ich sehe nicht ein, dass du dein Malen beichten musst, mein Freund«, erklärte Bartolomé. »Und du kannst sicher sein, ich bin übergewissenhaft. Malen ist keine Sünde und es hat nichts damit zu tun, dass du den Leib des Herrn empfängst.«

»Aber ich habe Farben gestohlen.«

»Nun gut, dann musst du das beichten und versprechen, es nicht wieder zu tun. Du wirst es nicht nötig haben, denn ich werde sie dir geben. Also, wo ist das Problem? Lass uns gehen und diesen Augenblick einen Beichtvater aufsuchen.«

Wir eilten zu der kleinen Kirche und stellten uns in die Reihe derer, die zur Beichte gekommen waren. Bartolomé fiel, wie es seine Gewohnheit war, fast augenblicklich in ein ekstatisches Gebet. Ich meinerseits schenkte ihm unbedingtes Vertrauen. Natürlich weil ich glauben wollte, was er mir erzählte. Das gehörte dazu, wie ich jetzt weiß. Aber auch, weil mir tief in meinem Inneren klar geworden war, dass er Recht hatte.

Endlich kam ich an die Reihe und beichtete. Ich berichtete von Zorn, den ich empfunden hatte, von Zeiten, wenn ich faul gewesen war, davon, dass ich kleine Häufchen Farbe gestohlen hatte. Ich bekannte die schwerste Sünde, dass ich an der göttlichen Liebe gezweifelt und in meinem Hochmut angenommen hatte, dass mir Gottes unermessliche Barmherzigkeit und Vergebung vorenthalten würden.

Der Priester erlegte mir eine strenge Buße auf und ich erhob mich und kniete wieder neben Bartolomé. Er konnte nicht ermessen, welches Geschenk er mir gemacht hatte, indem er mir zur Einsicht verholfen hatte, dass ich die Absolution erhalten und wieder unseren Heiland empfangen konnte. In meinem Herzen gelobte ich, dass ich ihm in jeder freien Zeit, die ich hatte, so treu dienen würde wie dem Herrn.

Als wir nach Hause schlenderten, sagte er in seiner einfachen Art mit freudestrahlendem Gesicht: »Nun kannst du wieder zur Kommunion gehen, mein Freund Juan! Ich bin so froh für dich!«

»Ich wollte, ich könnte dem Herrn mein Bild zeigen!«, rief ich daraufhin. Ich sehnte mich danach, dass er mein Werk betrachtete.

Bartolomés Ausdruck änderte sich sofort und zeigte eine gewisse Bauernschläue.

»Wenn du meinen Rat willst, zeig es ihm nicht. Noch

nicht. Die Zeit wird kommen … Du wirst es merken, wenn die Stunde geschlagen hat, dass du es ihm zeigen und ihn wissen lassen sollst, was du die ganze Zeit gemacht hast. Noch nicht …«

»Glaubst du, es war ein Fehler, Unsere Liebe Frau als Schwarze zu malen?«, fragte ich in aller Bescheidenheit.

»Wieso?«, fragte Bartolomé zurück. »Unser Herr erscheint den liebenden christlichen Seelen in vielerlei Formen: als Kind, als alter Mann, manchmal sogar als Leprakranker. Und Unsere Liebe Frau kann sich in Gestalt eines Kindes offenbaren, eines italienischen Mädchens, einer spanischen Jungfrau oder einer jungen Frau der schwarzen Rasse. Ihre Zärtlichkeit, Ihre Milde, Ihre Heiligkeit können durch jedes Gefäß scheinen, das Sie sich für eine Weile als Behausung für Ihre Seele auswählt. Und«, wandte er sich zu mir und legte liebevoll seine Hand auf meinen Arm, »die edlen Frauen deiner Rasse, Juan, besitzen eine Schönheit, die Unsere Liebe Frau nie verachten würde.«

So kamen wir nach Hause zurück. Und von diesem Augenblick an wurde mein Leben weiter und glücklicher und ich wurde ein besserer Mensch, glaube ich, weil Bartolomé mich von der Inanspruchnahme durch Kleinigkeiten befreit und auf die Pfade der Wahrheit gelenkt hatte. Ich stahl keine Farben mehr. Er gab sie mir und er gab mir auch Pinsel und Leinwand.

Ich diente dem Herrn und der Herrin und Bartolomé. Und ich malte. Ich hatte das Gefühl, dass das Leben für mich keine zusätzlichen Freuden mehr bereithalten könnte.

Elftes Kapitel, in dem ich noch einmal nach Italien reise

Bartolomé blieb drei Jahre bei uns. Dann kehrte er nach Sevilla zurück. Er schrieb gelegentlich. Er heiratete dort und hatte ein großes Atelier mit vielen Lehrlingen, und er führte zahllose kirchliche Aufträge für religiöse Themen aus. Ich musste oft an ihn denken, wünschte ihm von ganzem Herzen alles Gute und sandte ihm über die Entfernung hinweg meine Grüße.

Im Jahre 1649 erteilte Seine Majestät dem Herrn den Auftrag, noch einmal nach Italien zu reisen, um Gemälde und Statuen für den Palast und für verschiedene Sammlungen zu erwerben. Es gab vielfältige Vorbereitungen für dieses Unternehmen. Am Ende, kurz vor unserer Abreise, mussten wir einige plötzliche Änderungen in unseren Plänen vornehmen. Der Herr hatte vorgehabt, von Sevilla aus zu segeln. Aber dort herrschte die Pest und es schien besser, sich dieser Gefahr nicht auszusetzen. Barcelona war in französischer Hand. So reisten wir schließlich über Land nach Málaga und schifften uns dort ein.

Es war ein kalter Wintertag Anfang Januar, und als wir an Bord gingen, war es neblig und regnerisch. Der arme Herr sah bleich und angespannt aus, während wir das Deck betraten, das sich leicht unter seinen Füßen hob und senkte. Er dachte an seine Seekrankheit auf unserer ersten Fahrt und, oh je, er hatte allen Grund, sich vor der unmittelbaren Zukunft zu fürchten. Wir verbrachten auf dem Wasser die entsetzlichsten vierzig Tage unseres Lebens.

Kurz nachdem wir ausgelaufen waren, gerieten wir in einen heftigen Sturm. Wir wurden so wild hin- und hergeworfen, dass wir uns in den Kojen festzurren und das Heben, Zerren und Stampfen des Schiffes einfach erdulden mussten. Es war ganz fürchterlich. Das Kreischen der Segel und das Ächzen der Balken erweckten den Eindruck, dass das Schiff jeden Augenblick den Kampf einfach aufgeben und auf den Meeresgrund sinken würde. Selbst ich konnte keine Hand rühren, um den Herrn zu bedienen, denn ich war selbst krank und schwach wie ein ertränktes Kätzchen. So lagen wir da, ungewaschen, elend und ungepflegt, drei Tage und drei Nächte lang, bis der schlimmste Sturm vorüber war. Aber selbst dann war die See noch rau und die Wellen gingen hoch. Als der Herr aufstand und durch die Kabine taumelte, um sich frische Wäsche aus seiner Kiste zu holen, wurde er gegen das Schott geschleudert und zog sich eine schwere Schnittwunde und eine Prellung an der rechten Hand zu.

Ich versorgte ihn, so gut ich konnte. Ich wusch ihn und half ihm, die Kleidung zu wechseln, und ich strich aromatische Öle auf seine Hand und verband sie. Aber lange bevor wir nach Genua kamen, war die Hand angeschwollen und tat sehr weh. Der arme Herr konnte nur in seiner Koje liegen, schützend die verletzte Hand mit der Linken halten und sich zwingen, nicht laut zu schreien. Ich beobachtete die Hand sorgfältig, und da sie nicht die bedrohliche Rötung entlang den Adern zeigte, die große Gefahr bedeutet, hoffte ich, dass sie mit der Zeit heilen würde.

Nachdem wir in Genua angelegt hatten, suchten wir sofort einen Wundarzt auf, der die verletzte Hand drückte und untersuchte, bis der Herr in Ohnmacht fiel. Bevor er wieder zu sich kam, hob ich ihn einfach hoch, legte ihn mir über die Schulter und trug ihn weg. Ich hatte eine Todesangst, dass der Wundarzt die Hand des Herrn mit einem Messer aufschneiden und das vergiftete Blut herausdrücken wollte. Ich hielt es für besser, die Hand selbst mit heißen Packungen und Kräutern zu heilen und sie dem Herrn ohne Narben zu erhalten. Sie war schließlich mehr wert als die ganze Stadt Genua zusammengenommen.

Und so brachte ich ihn weg und trug ihn in einen bequemen Gasthof in der Stadt. Tag für Tag hielt ich vierundzwanzig Stunden lang beruhigende Blätter und heiße Tücher um seine Hand gebunden. Währenddessen bestellte ich reichlich kräftige heiße Suppe und süßen Haferschleim und Rotwein, damit der Herr sie zu sich nehmen, bei Kräften bleiben und sein Blut reinigen konnte. Gott sei Dank hatte ich den richtigen Weg eingeschlagen: Die Schwellung ging zurück, die entzündeten Kratzer schlossen sich mit gesundem Schorf und die Hand hörte auf zu pochen.

»Du darfst dir von dieser Hand wünschen, was du willst, Juanico«, hauchte der Herr an dem Morgen, als er sah, dass sie endlich wieder ihre normale Form und Farbe angenommen hatte, »und ich werde es dir geben.«

Mir fiel vieles ein. Aber es schien mir nicht recht, Bezahlung zu verlangen für etwas, was von meiner Seite eine Tat echter Hingabe gewesen war. Außerdem, immer wenn ich etwas Wichtiges benötigte, was der Herr mir geben konnte, brauchte ich es nur zu erwähnen und er gab es mir. So sagte ich: »Herr, ich wünsche mir nichts. Vielleicht werde ich es eines Tags tun, aber in diesem Augenblick verlange ich nichts mehr auf der Welt als Eure gute Gesundheit. Ich danke Gott, dass Eure Hand gerettet ist und sie noch hunderte von herrlichen Bildern malen kann.«

Er erwiderte nichts, denn er war stets ein schweigsamer Mensch, aber ich konnte sehen, dass er meine Worte im Gedächtnis behielt.

Als er vollkommen wiederhergestellt war, besuchte er in Genua viele Galerien und Sammlungen. Er wählte mehrere Gemälde für den König aus und ließ sie ihm auf einer spanischen Galeone schicken. Dann brachen wir über Land nach Venedig auf. Die italienischen Städte lagen häufig, anders als die spanischen, sehr eng beieinander, einen leichten Tagesmarsch etwa. Und wenn das Wetter schön war, machten wir uns oft am taufrischen Morgen mit einem Laib Brot und etwas Käse und Wein auf den Weg. Unsere Kisten und Reisedecken schickten wir mit Maultieren voraus. Der Herr war gewarnt worden, dass dies tollkühn sei, da viele Diebe unterwegs wären. Aber er hatte geantwortet, dass wir nichts von Wert dabei hätten und er das Essen gerne mit jedem hungrigen Reisenden teilen wolle. Tatsächlich wurden wir nie belästigt und niemand erregte unser Misstrauen. Die Menschen auf dem Lande zeigten sich nett und gastfreundlich, ganz anders als die Stadtbewohner, die oft hinterhältig waren und, wenn sie merkten, dass sie Ausländer vor sich hatten, versuchten uns irgendwie übers Ohr zu hauen. Der Herr und ich trugen sowieso nie Geldbörsen bei uns. Wir hatten beide nur ein paar Münzen in Schärpen um die Hüften gewickelt oder in unseren Schuhen versteckt. Die Bankleute des Königs hatten verfügt, dass in Venedig und Rom bei unserer Ankunft Geldwechsler entsprechende Beträge für uns bereithielten.

Was wir bei uns hatten, waren ein paar aufgespannte Leinwände, Kohle und Farben. Oft wollte der Herr das Licht festhalten, das in feinen Mustern durch eine Allee von blattlosen Bäumen niederfiel, das Funkeln des Taus auf einem Sumpf oder das Leuchten eines Baches, der zwischen braunen Feldern dahinfloss. Es war Winter und es war kalt.

Ein plötzlicher Schneesturm zwang uns, mehrere Tage in einer alten Stadt namens Cremona zu bleiben. Dort vertrieb sich der Herr die Zeit damit, eine Familie von berühmten Geigenbauern aufzusuchen. Reisende hatten ihm von ihnen und ihren Instrumenten berichtet, von der Tradition des Holzhandwerks und von geheimnisvollen Lacken, deren Rezepturen diese Familien über Generationen für sich bewahrt hatten.

Ein andermal wurden wir unterwegs von einem Schneeregen überrascht. Der Herr war danach bis auf die Knochen durchgefroren. Dadurch fing seine Hand an stark zu schmerzen, und noch einmal schwoll sie auf den doppelten Umfang an; er fieberte.

Als wir in einen Gasthof gekommen waren, wollte der Herr sein Zimmer nicht verlassen. Ich spürte, dass er große Angst bekam. Wie sollte er auch anders? Seine Hand war seit jungen Jahren sein Lebensunterhalt gewesen. In ihr steckten das ganze Wissen, die ganze Geschicklichkeit, die ganze Kunstfertigkeit, die er in fast dreißig Jahren ununterbrochener Arbeit erworben hatte.

Ich tat alles für ihn, was ich konnte. Ich wollte ihn überreden, einen der geschickten italienischen Ärzte hinzuzuziehen. Aber er wollte nicht, denn er hatte eine Heidenangst vor ihnen. Ich war am Ende meines Lateins. Der Herr redete überhaupt nicht mehr, sondern lag nur noch in einer Art verzweifelter Lähmung da. Es blieb nichts als das Gebet.

So ließ ich ihn warm zugedeckt allein und begab mich zur Hauptkirche der Stadt. Vor dem Bild der Jungfrau warf ich mich auf die Knie und weinte. Der Herr hatte mich mit der Angst um seine Hand angesteckt und ich konnte sie nicht länger ertragen. Ich flehte die Gottesmutter um Hilfe an. Wenn sie ihm ihre barmherzigen Augen zuwenden und ihn heilen würde, wollte ich nach unserer Rückkehr nach Spanien mein Vergehen mit dem heimlichen Malen bekennen, Wiedergutmachung leisten und alle Strafen erdulden.

Ich weiß nicht, ob es an den Tränen lag, die meine Blicke

verschwimmen ließen, ob es ein Effekt des winterlichen Lichts war, das durch ein sehr hohes Fenster hereinkam, oder ob tatsächlich ein Wunder geschah. Jedenfalls schien mir, dass die Jungfrau, als ich sie um diese Gnade bat, mir zulächelte und wie zustimmend leicht den Kopf neigte. Ich nahm es auf jeden Fall als ein Hoffnungszeichen und fühlte mich sehr getröstet. Ich blieb noch, um mit größter Inbrunst und Liebe einen ganzen Rosenkranz zu beten. Dann eilte ich zurück in den Gasthof, wo der Herr in seinem Elend und seiner Mutlosigkeit lag.

Als ich das Zimmer betrat, sah ich, dass das Feuer niedergebrannt war und es kalt wurde. Ich ließ neues Holz kommen und baute ein Feuer mit gut züngelnden Flammen. Dann zog ich die Vorhänge zu und ging in die Küche hinab, um eine Schüssel kräftiger Brühe und etwas gegrilltes Fleisch als Mahlzeit für den Herrn zu bestellen. Als ich zurückkam, hatte er sich auf seiner Liege nicht bewegt. Ich ging zu ihm und berührte ihn. Er war kühl, auf seiner Stirn standen wenige Schweißperlen und er atmete regelmäßig und tief.

Als ich so vor ihm stand, bewegte er sich und änderte seine Lage, wie es jemand tut, der gesund schläft. Er seufzte tief. Er hatte die verletzte Hand hervorgeholt und sie lag weiß, empfindsam und kräftig auf der dunklen Bettdecke. Die Schwellung und Rötung waren verschwunden. Sogar die Kratzer und Narben waren weg – und keine Stunde zuvor schien sie hoffnungslos vergiftet. Nun war es wieder seine Hand, seine wunderbar ausgebildete und geschickte Hand, so wie sie immer gewesen war. Ich fiel am Bett auf die Knie, ergriff und küsste sie.

Der Herr erwachte und setzte sich auf.

»Juanico!« Er sah mich an, wie ich da kniete. »Was ist passiert?«

»Eure Hand, Herr!«

Er hob sie hoch, beugte sie und lachte dann lauthals.

»Oh, Gott sei's gedankt!«, rief er und ich antwortete: »Amen!«

Darauf stand er auf und aß ein kräftiges Abendbrot.

Am nächsten Tag reisten wir nach Venedig, aber in einer gemieteten Kutsche. Der Herr, der niemals sang, summte den größten Teil des Wegs still vor sich hin oder spitzte die Lippen und pfiff leise.

Ich erinnerte mich gut an Venedig und das besondere Licht dieser Stadt, das anders ist als im übrigen Italien. In den meisten Regionen des Landes ist das Licht ein sanftes Gold, aber in Venedig hat es einen hellblauen Schimmer. Es ist ein strahlendes, reines Licht, ziemlich kühl, wie ein Widerschein des Meeres.

Der Herr hatte wieder – neben der Erledigung seiner zahlreichen Aufträge – zu malen begonnen. Aber die ganze Furcht erregende Zeit mit den Schmerzen und der Angst, seine Hand zu verlieren, auf der sein ganzes Ansehen beruhte, hatte ihn in der Seele getroffen. Nun war er ängstlich beim Vorzeichnen und verkrampft beim Farbauftrag. Manchmal zitterte der Pinsel leicht in seinen Fingern und das genügte, um ihn für Stunden in finstere Stimmung und

Schweigen zu versetzen. Er fing an, sich Sorgen darüber zu machen, ob er noch in der Lage wäre, Porträts zu malen. Das war immer die Grundlage und die Hauptstütze seiner Kunst gewesen.

Er begann das Bildnis einer venezianischen Dame. Aber er war ganz und gar nicht damit zufrieden, gab ihr plötzlich den Vorschuss an Dukaten zurück und sagte ihr, er könne nicht weitermachen. Er zerstörte die Leinwand und noch am gleichen Abend buchte er für uns Sitze in einer Kutsche nach Rom für den nächsten Morgen. Wir waren mehrere Tage unterwegs. Obwohl der Herr auf die wechselvolle Landschaft starrte – sie war schön, denn der Frühling war gekommen und kleidete alle Bäume und Weinstöcke in frische grüne Blätter –, hielt er die ganze Zeit lang seine rechte Hand in der linken und streichelte und massierte sie.

»Ich habe ein Kribbeln in den Fingern. Es gefällt mir nicht, Juanico«, gestand er mir. »Was soll ich tun, wenn ich nie wieder malen kann?«

»Gott hätte Euch nicht mit den Schmerzen und der Angst gequält, wenn Er nicht einen Lohn für Euch vorgesehen hätte«, versicherte ich ihm tapfer. Der Herr lächelte sein feines ironisches Lächeln. »Wir wollen darauf vertrauen, dass Er vorhat, den Lohn zu schicken, solange ich noch auf der Erde bin. Sonst werden wir verhungern, Juanico.«

»Deswegen oder wegen Eurer Malerei mache ich mir keine Sorgen, Herr.«

»Mein treuer Juanico. Was wäre ich ohne dich?«

Als wir schließlich in Rom eintrafen, machten wir Halt

in einem der besten Gasthäuser der Stadt. Wir waren jedoch noch keinen Tag dort, als ein reicher spanischer Grande, der mit einer adligen Römerin verheiratet war, uns für unseren Aufenthalt in Rom in seinen Palast holte. Er hatte vom König und von spanischen Aristokraten Briefe erhalten und war entschlossen, dass der Herr bei ihm wohnen sollte.

Es war Don Rodrigo de Foncerrada, ein älterer, gütiger dicker Herr. Er und seine Frau hatten zahlreiche Töchter, die aber inzwischen alle verheiratet waren und in eigenen Häusern lebten. So hatte er viel Platz in seinem Palast. Dort richteten wir uns ein und Don Rodrigo erwies dem Herrn jede Ehre und gab ihm eine Suite mit mehreren Zimmern. Aus einem von ihnen ließ er alle unnötigen Möbel ausräumen und benutzte es als Atelier. Ich schlief auf einem Strohsack mit ihm im gleichen Raum, wie ich es immer auf unseren Reisen getan hatte, damit ich mich jederzeit um ihn kümmern konnte.

Offenbar hatten sowohl Don Rodrigo wie auch seine Frau beste Kontakte zum Papst und seinen Beamten im Vatikan, denn es dauerte nur ein paar Tage, bis ein besonderer Bote mit Geschenken und Grüßen eintraf und der Herr zu einer Privataudienz bei Papst Innozenz X. eingeladen wurde.

Ich erinnere mich, dass der Herr sich darauf mit größter Sorgfalt vorbereitete. Er fastete und ging zur Beichte und zur Kommunion. Er badete und ließ sich von mir die Haare waschen. Er kleidete sich wie immer nach gutem spanischen Brauch in Schwarz. Auch Don Rodrigo trug nur Schwarz oder ein sehr dunkles Grün. Aber seine Frau, alt und runzelig, wie sie war, und obwohl ihr ein paar Zähne fehlten, färbte ihr Haar metallisch golden und war in Scharlachrot, Violett und Aprikose gekleidet.

Der Herr brach allein zum Vatikan auf, war aber noch keine zwanzig Schritte gegangen, bevor er meinetwegen zurückkehrte.

»Juanico, komm mit mir. Du wirst irgendwo warten müssen, während der Papst mich empfängt. Aber du bist diese ganze Italienreise an meiner Seite gewesen und ich möchte gern das Gefühl haben, dass du in der Nähe bist, wenn ich Seiner Heiligkeit den Ring küsse.«

So spazierten wir zusammen durch jene Straßen, über die die Füße zahlloser Generationen geschritten waren seit den Tagen vor der Geburt unseres Herrn. Wir kamen an hohen Säulen vorbei, die die Römer von ihren Eroberungskriegen nach Hause gebracht und stolz auf ihren eigenen Plätzen aufgerichtet hatten, um die Bürger daran zu erinnern, wie weit römische Waffen ihre Macht ausgedehnt hatten. Da standen viele Kirchen, in verschiedenen Epochen erbaut, einige davon unvollendet. Wir kamen zum Tiber, der grün und vom Frühlingshochwasser gewaltig angeschwollen zwischen seinen tief eingeschnittenen Ufern rauschte. Wir gingen eine Strecke am Fluss entlang und ließen die Engelsburg rechts liegen.

In weniger als einer Stunde – Rom ist keine weit ausgedehnte Stadt – erreichten wir jenen eindrucksvollen Halbkreis, der sich wie zwei ausgreifende Arme vor dem Petersdom erstreckt. Ich begleitete den Herrn, so weit ich konnte, bis mich die Wachen zurückwiesen. Dann kehrte ich zu St. Peter zurück, um zu beten.

Ich verbrachte eine lange Zeit auf den Knien. Es gab viel, was ich Gott darbringen wollte. Zahllose Gedanken legte ich ihm vor, damit er sie wie ein Drescher aussieben und mir das Korn lassen und die Spreu mit dem Atem seiner Barmherzigkeit wegblasen konnte. Als ich mich erhob, hatte ich steife Knie und fühlte mich müde und alt, obwohl ich noch keine vierzig Jahre zählte. Aber ich war in meinen guten Vorsätzen bestärkt worden und im Einklang mit mir selbst. So machte ich mir ein Vergnügen daraus, in dieser gigantischen, eindrucksvollen Kirche von Altar zu Altar zu schlendern. Ich verweilte lange vor der Statue der Jungfrau, die um den toten Sohn in ihren Armen trauert. Es war eine Pietà von Michelangelo, so bewegend und zart, dass mir die Tränen in die Augen schossen.

Der Herr hatte mir gesagt, dass er mich nach der Audienz in der Kirche suchen würde, und er fand mich dort vor der Pietà. Wir sprachen beide kein Wort, sondern standen nur eine lange Zeit da, schauten und bewunderten. Dann berührte mich der Herr leise zum Zeichen, dass wir gehen wollten. Wir traten hinaus in den Sonnenschein dieses strahlenden Vormittags.

»Lass uns eine Erfrischung nehmen«, schlug er vor. Wir setzten uns an einen kleinen Tisch im Freien. Ein Serviermädchen brachte uns Wein, Oliven und Scheiben einer scharf gewürzten Wurst.

»Ich bin gebeten worden, ein Porträt Seiner Heiligkeit zu malen«, erklärte der Herr unvermittelt, während er einen Olivenkern aus dem Mund nahm.

»Oh, Herr! Gott sei gelobt! Nun werden sie in ganz Italien Eure Qualitäten erkennen! Auf der ganzen Welt!«

»Ich glaube, Seine Majestät, unser König, hat den Vorschlag gemacht. Es war jedenfalls vom Ausland aus vereinbart. Aber ich konnte sehen, dass einige von den Höflingen im Vatikan alles andere als begeistert waren. Sie mögen generell keine Ausländer, und Spanier schon gar nicht. Ich muss ein hervorragendes Porträt malen, Juanico.«

»Das werdet Ihr.«

»Ich wollte, ich wäre mir da so sicher wie du.«

Er bestellte ein Körbchen Kirschen und begann sie zu verspeisen. Er bot mir auch welche an, aber ich fand sie zu sauer. Es waren die ersten Kirschen in diesem Frühjahr und sie hatten eine ziemlich blasse Farbe.

»Ich habe kein gutes Gefühl bei diesem Porträt. Ich muss vorher ein paar Studien zur Übung machen. Ich habe vereinbart, dass die erste Sitzung in einem Monat stattfindet.« Er begann seine Hand zu biegen und starrte unglücklich auf seine Finger.

»Malt mich, Herr! Malt ein Porträt von mir!«

Er hatte mich oft skizziert und die Lehrlinge mich malen lassen. Aber nun sah ich, wie er mich mit neuen Augen betrachtete, mit einem kühlen, distanzierten, intensiven Blick.

Ich sah, wie er in Gedanken meine runde Wange zeichnete, die gedrungene Nase und die Lippen, die Linien meines Barts, meine Augen.

»Komm«, sagte er und schob seinen Wein und die Früchte weg. »Komm, wir wollen eine Leinwand kaufen. Ja, ich werde dich malen, Juanico. So wie du bist, treu, einfallsreich und gut. Und auch stolz und würdevoll. Möge Gott meine Hand führen.«

Zwölftes Kapitel, in dem mein Porträt gemalt wird

In dem Raum, den wir als Atelier benutzten, gab es ein großes Nordfenster, durch das den ganzen Tag ein klares Licht ohne Schatten strömte.

Der Herr sagte, ich solle meine Alltagskleidung tragen. Er gab mir lediglich einen großen weißen Kragen, einen von seinen eigenen mit tief herabgezogenen Ecken und Spitzenkanten, um das trübe Dunkel meiner Kleidung von meiner schwärzlichen Gesichtsfarbe abzusetzen.

Er platzierte mich vor sich und forderte mich auf, ihn direkt anzuschauen und meinen Mantel so zu fassen, dass er mir über die linke Schulter fiel.

Es war eine einfache Pose. Ich hatte im Atelier zu Hause schon für seine Schüler Modell gestanden und war manchmal vor Erschöpfung fast zusammengebrochen, bevor ich ein Zeichen bekam, die Pose aufzugeben. Aber dies hier war gar nichts. Ich brauchte nur zu stehen. Der Ausdruck war schwerer beizubehalten. Der Herr wollte, dass ich ihn wie einen Fremden ansah, einen Vorübergehenden, nur eine Gestalt. Er wünschte, erklärte er, diesen würdevollen Blick mit einer Andeutung von Vorsicht und Zurückhaltung.

Wir arbeiteten stetig jeden Tag, solange Licht war. Bald

hatte ich mich daran gewöhnt, die gleiche Haltung einzunehmen, durch eine Handbewegung des Herrn nach rechts oder links korrigiert, und in meinem Inneren die Gefühle herzustellen, die den gewünschten Ausdruck hervorbrachten.

Am zweiten Tag begann er, die Farben aufzutragen. Wie es seine Gewohnheit war, verhängte er jeden Abend seine Arbeit mit einem Tuch. Nie erlaubte er seinem Modell zu sehen, was er machte. Am Ende des vierten Tages rief er mich, das Bild zu betrachten.

Da stand ich und sah mich selbst wie in einem Spiegel. Ganz abgesehen von der verblüffenden Ähnlichkeit – kein anderer kam dem Herrn darin gleich – war die Komposition ausgewogen und eindrucksvoll in der typisch spanischen Manier. Um meinen Kopf und auf meiner Haut spielte ein ungewöhnlicher goldener Lichtschimmer. Man spürte einen inneren Gehalt, den ich kaum beschreiben kann. Es war, als ob der Herr gemalt hätte, was man an Äußerlichem sieht, und auch, genauso deutlich, was im Inneren vorhanden war, die Gedanken in meinem Kopf.

»Herr, nicht weil es Euer Juanico ist, aber ich denke, es ist das beste Bild, das Ihr je gemalt habt! Ich sehe mich selbst und ich erkenne, woran ich gerade denke!«

»Ich bin zufrieden«, sagte er. Das war alles. Ich nahm seine Pinsel, um sie zu waschen. Während ich die Seifenlauge bereitete und die Farbe aus den Pinseln wusch, dachte ich über einige Einzelheiten einer kühnen Idee nach, die ich ein paar Tage vorher gehabt hatte.

Aus Gesprächen, die ich mit angehört hatte, und aus Bemerkungen des Herrn hatte ich mir zusammengereimt, dass es am Hof des Vatikans Intrigen gab, wie auch anderweitig in Europa und zweifellos auf der ganzen Welt. Menschen sind überall gleich. Und die Italiener hatten lange Zeit angenommen, dass sie die einzigen wirklichen Künstler in Europa wären. Es behagte ihnen nicht, dass ein Spanier ausgewählt worden war, das Porträt Seiner Heiligkeit zu malen. Es war in meinen Augen bedeutsam und konntc auch dem Herrn nicht entgangen sein, dass sich noch niemand aus dem römischen Hochadel gemeldet hatte, um sich von ihm porträtieren zu lassen. Ich hatte die Absicht, sie zu beschämen und zu Aufträgen zu veranlassen, und zwar bald.

Sowie mein Porträt trocken genug war, um es zu transportieren, führte ich meinen Plan aus. Ich hatte mich mit den Namen von ungefähr zehn der wichtigsten Mäzene der Malerei in Rom bewaffnet. Dann wartete ich einen Morgen ab, an dem der Herr mit persönlichen Besorgungen beschäftigt war, und nahm mir auch eine Weile frei. Als der richtige Augenblick gekommen war, machte ich mich auf den Weg. Ich nahm das Bild, wickelte es vorsichtig ein, um es vor Staub und gegen jede Beschädigung unterwegs zu schützen, und begab mich zum Haus des Herzogs von Ponti. Ein ziemlich eingebildeter livrierter Hausdiener kam an die Tür und fragte nach meinem Anliegen. Ich sagte ihm, ich müsste mit dem Herzog sprechen, ich hätte eine Nachricht von Don Diego Rodríguez de Silva y Velázquez, der den Auftrag hätte, ein Porträt Seiner Heiligkeit zu malen.

Ich nahm an, dass ihn das beeindrucken würde, und so war es. In Kürze wurden mir die Türen geöffnet und man brachte mich vor den Herzog höchstpersönlich. Er räkelte sich in einem Lehnstuhl und war bis zum Kinn in ein weißes Tuch gehüllt, während sein Barbier ihm die Haare schnitt und in Locken legte.

Ich blieb in der Tür stehen, bis der Herzog rief: »Komm rein, komm rein! Was ist das für eine Nachricht, he?«

Ich wartete, bis er den Barbier beiseite stieß, sich aufrichtete und mich ärgerlich anschaute. Dann sagte ich: »Ich habe gehört, dass Ihr Euch für Porträtmalerei interessiert, und ich dachte, dass Ihr Euch vielleicht dieses Bild anschauen wolltet, Euer Ehren.«

Ich schleuderte die Hülle beiseite und stellte das Porträt neben mir auf.

Ich hatte daran gedacht, die gleichen Kleider anzuziehen und auch den weißen Kragen zu tragen. Ich konnte hören, wie dem Herzog der Atem stockte.

»Beim Bacchus!«, rief er. »*Das* ist ein Porträt!«

»Es ist eine Arbeit, die mein Herr in den letzten Tagen nur zur Entspannung so hingeworfen hat«, erklärte ich ihm. »Er ist der größte Porträtmaler in Europa.«

Der Herzog stand auf. Verdrossen schnalzte er mit der Zunge und man konnte sehen, dass er gewaltig verärgert war.

»Ich stimme dem zu«, sagte er schließlich ohne Begeisterung. »Das ist er. Kerl, wie heißt du?«

»Juan de Pareja.«

»Ich möchte, dass du dieses Porträt nimmst und einem Freund von mir zeigst. Wirst du das tun?« Plötzlich warf er den Kopf zurück und lachte. »Nein, warte! Ich möchte erst eine Wette mit ihm abschließen, denn ich brauche fünfzig Dukaten. Nein. Komm morgen zur gleichen Stunde hierher, mit dem Porträt.«

»Die Wetten von Euer Ehren interessieren mich nicht«, antwortete ich würdevoll. »Ich bin nur daran interessiert, Aufträge und Anerkennung für meinen Herrn zu sichern.«

Der Herzog starrte mich an, lachte dann wieder und zuckte mit den Achseln.

»In Ordnung. Du wirst genügend Aufträge bekommen, versprech ich dir. Aber ich erkenne den hartnäckigen Stolz des Spaniers im Diener wie im Herrn. Ihr seid alle gleich. Also werde ich der Erste sein, der Signore Velázquez einen Auftrag gibt. Ich werde ihn gleich heute Nachmittag aufsuchen, um ein Porträt meiner Frau zu bestellen. Wirst du also am Morgen kommen, wie ich verlangt habe?«

»Ich werde kommen.«

Sehr zufrieden ging ich zu unserer damaligen Unterkunft zurück.

Noch am gleichen Nachmittag traf der Herzog von Ponti bei uns ein, in strahlend violettem Seidenbrokat, der mit Goldfäden verziert war, in Schuhen mit goldenen Schnallen. Er zog in hohem Bogen einen breitkrempigen Samthut mit grüner Feder vom Kopf und verneigte sich tief. Mein Herr in seinem strengen Schwarz wirkte zart und bleich und empfing ihn mit ernster Höflichkeit. Nachdem sie etwas Wein genommen hatten, sagte er zu, ein Porträt der Herzogin zu malen. Der Herzog sagte nichts über mich und mein Porträt und ich tat es auch nicht.

Aber am nächsten Morgen führte ich mein Versprechen aus. Beim Herzog war ein dicker italienischer Adliger mit hellen Augen, der die abstoßende Angewohnheit hatte, seine Unterlippe zwischen die Finger zu nehmen, nach vorne zu ziehen und dann mit einem klatschenden Geräusch zurückschnellen zu lassen.

Offenbar hatte man die Wette abgeschlossen, denn in der Nähe stand ein Porträt des Dicken. Ich betrachtete es kurz. Es war in einem manierierten Stil gemalt, die Züge weicher und hübscher gemacht, und alle Farben stammten aus dem helleren Bereich des Spektrums. Da wurde mir klar, wozu ich da war. Also wartete ich stehend, bis der Herzog mich aufforderte, mein Porträt zu enthüllen. Ich bin nicht unerfahren darin, ein Gemälde im besten Licht zu zeigen, und ich hatte meinen Standort entsprechend ausgewählt. Ich stellte mich auf, neben mir mein Ebenbild, das Porträt.

Der dicke Mensch starrte uns an, zog an seiner Lippe und warf dann seinem Freund einen kleinen Beutel Dukaten zu. Der Herzog von Ponti nahm eine Münze heraus und warf sie in meine Richtung. Aber da der Herr mich immer gut versorgte und mir Geld gab, wenn ich es brauchte, ließ ich sie zu Boden fallen und bückte mich nicht danach.

»Komm, Juan, nimm den Dukaten als Geschenk.«

»Ich will ihn gerne als Geschenk annehmen«, entgegnete ich, »wenn er als solches gegeben wird.«

Zur Ehre des Herzogs von Ponti muss ich sagen, dass er kam, die Münze aufhob und sie mir mit einer Verbeugung reichte.

Als ich ging, hörte ich, wie der Mann, der die Wette verloren hatte, nach der Adresse des Herrn fragte. Ich wusste, dass ein weiterer Auftrag bevorstand.

Auf diese Weise erhielt der Herr, nachdem ich sieben oder acht weitere reiche Adlige der Stadt besucht hatte, genügend Bestellungen, um das ganze Jahr über beschäftigt zu sein. Das Beste daran war: Ich wusste, dass nun diese Leute seine Verteidiger und seine Fürsprecher gegenüber den anderen sein würden, die den spanischen Meister aus den höchsten Kreisen Roms verbannen wollten. Denn diese Italiener erwiesen sich, nachdem sie einmal überzeugt waren, als sehr großzügig und galant und strömten von Schmeicheleien über. Der Herr selbst war fast abgestoßen von so viel Lobhudelei. Zwar erwartete er immer die Ehrerbietung, die ihm als Mensch und als Künstler zustand. Nun aber machten sie ihn zu einem Idol und das war nicht nach seinem Geschmack.

Er war jedoch bald in die Arbeit vertieft, das Porträt Seiner Heiligkeit zu malen, und schien alles andere zu vergessen, obwohl er sämtliche Aufträge gewissenhaft und vorbildlich ausführte, wenn er keine Sitzungen mit dem Papst hatte.

Vollkommen vergessen hatte er den Kummer und die

Sorge um die Hand, mit der er malte. Sie war jetzt geschickter als je zuvor.

Als er schließlich die ersten gemalten Studien von Seiner Heiligkeit nach Hause brachte, bevor er mit der endgültigen großen Leinwand anfing, die das Porträt werden sollte, betrachtete ich diese sehr sorgfältig. Die Köpfe zeigten den Papst als einen Mann von Stärke und Macht. Es war ein grausames, ein sogar böses Gesicht, fand ich. Aber ich enthielt mich jeden Urteils. Ohne Zweifel brauchte der Papst, der über viele rebellische mächtige Personen und Gruppen regieren musste, mehr als nur himmlische Eingebungen.

Als der Herr ernsthaft mit seinen abschließenden Arbeiten begann, nahm er mich wie immer mit, damit ich die Farben anreichen, die Pinsel wechseln und all die anderen Aufgaben erfüllen konnte, die mir zufielen, wenn er intensiv arbeitete. Ich sah zu, wie sich das Werk entwickelte. Ich konnte schon zu Beginn erkennen, dass es das größte Porträt werden würde, das er je gemalt hatte. Die großartigen Studien von unserem König, so gut sie auch waren, konnten nur die Zurückhaltung, die Traurigkeit und den Edelmut Seiner Majestät zeigen, während der Papst ein Mann war, in dessen Augen tausende von schwer deutbaren Gedanken flackerten.

Während die Arbeit Fortschritte machte, geriet ich allmählich in Sorge um den Herrn. Ich sah, wie das Gesicht des Pontifex einen harten, ehrgeizigen, einen schwierigen Menschen enthüllte. Durfte das sein? Vielleicht. Ich erhielt vom Herrn selbst eine kurze Lektion in dieser Sache.

Wir gingen eines Tages vom Vatikan zurück, nachdem der Papst Modell gesessen hatte. Der Herr schien in einer weichen Stimmung. Er pfiff leise vor sich hin und ich fasste Mut, ihm eine Frage zu stellen.

»Herr, könnten Seine Heiligkeit nicht beleidigt sein, wenn er sieht, wie Ihr ihn gemalt habt?«

»Beleidigt, weil ich ihn gezeigt habe, wie er ist? Kein schönes Gesicht, nicht einmal ein barmherziges. Ist es das, was du meinst, Juanico?«

»Ja.«

»Nun, er wird sich selbst sehen und er ist an sich gewöhnt, an das, was er im Spiegel sieht. Ich denke eher, dass er Manns genug ist, sich darüber zu freuen, dass ich ihn als zäh und stark gesehen habe. Schwäche würde er bei niemandem schätzen, am wenigsten in seinem eigenen Porträt. Wir mögen alle ein wenig unsere eigenen Gesichter, Juanico, egal wie sie anderen vorkommen. Sogar ich.«

Auf jeden Fall wurde das Porträt des Papstes ein durchschlagender Erfolg. Beinahe sofort musste er den Neffen des Papstes, Kardinal Pamphili, malen, einen auffallend eleganten Mann. Und bevor wir aus Rom abreisten, hatte er noch viele weitere Porträts angefertigt.

Es ging auf Weihnachten zu, als der Herr Schluss machte, alle angefangenen Unternehmungen zu Ende führte und unsere Abfahrt nach Hause vorbereitete.

Unsere Reise war zwar nicht bequem, aber sie war auch nicht allzu schlimm. Wir hatten keine Stürme und sogar die Fahrten über Land wurden nicht so bitterkalt. Wir waren natürlich glücklich, die Gesichter unserer Lieben wieder zu sehen. Doña Paquita und ihr Töchterchen und Don Juan Bautista del Mazo standen neben der Herrin, um uns willkommen zu heißen. Bei den freudigen Ausrufen und tränenreichen Umarmungen wurde auch ich nicht vergessen. Vielmehr gaben mir alle das Gefühl, dass man mich ebenfalls vermisst hatte und dass nun, da der Herr und ich zurück waren, das Leben wieder Farbe und Würze annehmen würde.

Noch vor Ablauf einer Woche waren der Herr und ich durch die vertrauten Straßen wieder zum Atelier im Palast gegangen, um noch einmal alle Bilder des Herrn aufzubauen. Seit langer Zeit hatte es sich so eingespielt, dass alle Werke des Herrn mit der Vorderseite gegen die Wand gelehnt wurden, so dass der König, immer wenn er das wünschte, hereinkommen, eins umdrehen, sich setzen und es so lange betrachten konnte, wie er wollte. Er hatte dem Herrn befohlen, nie in seiner Arbeit innezuhalten, sich zu verbeugen oder auf seine Anweisungen zu warten, wenn er gerade malte. Nun bereiteten wir uns auf diese häufigen formlosen Besuche der Majestät vor.

Der Herr wurde in den Thronsaal gerufen, um einen ausführlichen offiziellen Bericht über seine Reise zu geben und all die Kunstschätze, die er gesammelt hatte, zur Schau zu stellen. Danach sollte ein großes Staatsbankett zu seinem Willkommen stattfinden.

Für mich war die Heimkehr einerseits glücklich, andererseits aber auch tief beunruhigend. Die Herrin hatte nämlich, während wir in Italien waren, einen neuen Sklaven angeschafft, genauer gesagt, eine Sklavin. Ihr Name war Lolis. Sie war dafür zuständig, die Küche zu besorgen, Vorräte einzukaufen und sich um die Herrin zu kümmern. Die wurde von einem Husten, nächtlichem Fieber und einer allgemeinen Schwäche gequält und konnte sich nicht mehr um den Haushalt kümmern.

Lolis war eine ruhige Frau meiner Rasse und kam leise ihren Pflichten nach. Sie fing nie ein Gespräch mit mir an, aber da wir oft zusammen in der Küche aßen, begann ich ihr Fragen zu stellen, um etwas davon zu erfahren, wie ihr Leben vorher gewesen war. Wenn sie antwortete, bezauberte mich ihre Stimme. Sie war tief und guttural, weich wie Samt und trotzdem erstaunlich durchdringend. Sie war nicht schön, wie Miri es mit ihrem zarten, langen, schlanken Körper gewesen war. Lolis war füllig und stark gebaut. Aber sie hatte eine gute Haltung, Grazie und Kraft. Sie machte auch nicht wie Miri den Eindruck, zart und schwach zu sein. Lolis war ruhig und still, aber sie war kräftig, stolz und heißblütig. Sie hatte gelernt, ihr Temperament zu zügeln, wenn es nötig war. Aber ich sah sie auch oft vor Wut explodieren gegenüber einem unbelebten Gegenstand und dann funkelten ihre schwarzen Augen mit bernsteinfarbenen Lichtern und ihre dunkle Haut wurde bleich.

»Ich habe der Herzogin von Mancera gehört und sie während ihrer letzten Krankheit gepflegt«, erzählte mir Lolis. »Die Dame war eine Freundin deiner Herrin. Und als der Herzog begann, den Haushalt für seine zweite Heirat einzurichten, hielt er mich für zu jung und zu ... wie soll ich sagen: zu stürmisch ... für seine junge zweite Frau. Er wollte sie nicht auf irgendeine Weise an die erste Herzogin erinnern. Ein eitles altes Schwein, das ist er.« Aber sie lachte entschuldigend. »Er hat mich der Herrin empfohlen und sie hat mich gekauft. Nun werde ich sie pflegen, bis sie stirbt. Und dann ...«

»Was meinst du?«, rief ich alarmiert aus. »Ist die Herrin wirklich ernsthaft krank?« Lolis betrachtete mich mitleidig. Dann zuckte sie die Achseln. »Sie weiß es noch nicht. Aber der Tod hat ein Auge auf sie geworfen.«

»Ach«, jammerte ich und fühlte, wie Tränen in meinen Augen brannten. »Was wird der Herr tun, wenn sie von ihm geht?«

»Was sie alle tun«, antwortete sie zynisch. »Wieder heiraten, so schnell er kann.«

»Der Herr ist anders«, erklärte ich ihr.

Sie stand da und betrachtete mich traurig.

»Ich sehe, dass du diese Weißen liebst«, sagte sie dann. »Ich nicht.«

»Sie sind gut zu mir gewesen.«

Sie wollte etwas entgegnen und ich sah, wie sie erbleichte, wie wenn sie ärgerlich wurde. Aber dann beherrschte sie sich.

»Ich möchte nicht, dass du so bitter und widerspenstig bist wie ich«, sagte sie dann liebevoll. »Es ist zu schwer, das zu verbergen und zu warten. Immer zu warten. Du bist ein guter Mann. Sei glücklich.«

»Verstehst du viel von Krankheit … und Tod?«, fragte ich daraufhin und dachte noch an die Herrin.

»Genug. Meine Mutter hat mir vieles beigebracht. Sie hat mich auch gelehrt, die Zukunft vorauszusagen«, rief sie fröhlich in einem ihrer plötzlichen Stimmungsumschwünge. »Komm, lass deine Hand sehen!«

Sie streckte ihre auf dem Tisch zwischen uns aus, eine breite Handfläche und lange Finger. Sie waren sehr sauber und weich. Ich zögerte, meine eigene große, mit Farben verschmierte Hand darauf zu legen.

»Dann lass es!«, rief sie mürrisch und schlug nach mir. Aber sie war nicht ärgerlich. »Auch ohne deine Hand zu sehen, kann ich dir deine Zukunft voraussagen.«

An einem anderen Tag lockte sie: »Lass mich deine Hand sehen, Juan, na komm schon.«

Ich legte sie mit der Fläche nach oben auf einen Tisch, so dass sie sie betrachten konnte. Sie tat das sorgfältig und ausgiebig. Ein Stirnrunzeln überzog die weiche Haut zwischen den Augenbrauen. »Du wirst jemandem nach seinem Tod einen Titel verleihen«, erklärte sie mir verwundert. »Auch du wirst mit Ehren überhäuft werden, nachdem du in die Erde gelegt worden bist.«

»Huuh«, schauderte ich. »Deine Weissagungen gefallen mir nicht.«

Verwirrt starrte sie mich an.

»Es ist so merkwürdig«, murmelte sie. »Deine Zukunft ist unklar und dunkel. Aber wenn du tot bist, wird sie golden sein.«

Lolis erzählte mir, dass sie oft die Zukunft sah, als wäre sie vor ihren Augen aufgerollt wie ein bemalter Vorhang, auf dem sie alles, was sich ereignen würde, ablesen konnte.

Eines Tages suchte sie mich im Atelier auf, wo ich damit beschäftigt war, Leinwand aufzuspannen. Der Herr war gebeten worden, den König in seinen Gemächern aufzusuchen.

»Es ist wieder passiert«, sagte sie aufgeregt und erfreut.

»Was denn?«

»Der Vorhang hat sich vor mir herabgesenkt und ich habe es gesehen.«

»Etwas Gutes? Du siehst glücklich aus.«

Sie lachte und ließ ihre dunklen Augen auf mir ruhen. In ihrem Ausdruck konnte ich Mutwillen, Freude … und noch etwas anderes lesen.

»Ja, etwas Gutes«, antwortete sie.

An den folgenden Tagen schien sie fröhlicher, weniger anfällig für ihre Ausbrüche von Ärger und Zorn. Außerdem, je schwächer die Herrin wurde, desto liebevoller wurde sie ihr gegenüber. Sie fing an, sie richtig gern zu haben, glaube ich.

Was mich anbetrifft, so war die Liebe in mein Herz eingezogen und blühte dort. Lolis war nicht zart fühlend und süß wie meine Mutter, auch nicht Mitleid erregend zerbrechlich und lieblich wie Miri. Sie war eine Persönlichkeit mit eigenem Charakter und sehr vielseitig in ihrem Wesen. Ich fand sie immer interessant und freute mich darauf, ihre leisen Schritte zu hören, ihrem wundervoll tiefen Lachen zu lauschen. Und ich freute mich auf die Gelegenheiten, wenn sie mich berührte oder sogar nach mir schlug, während sie ihrer Arbeit nachging.

Der Herr hatte mir in Italien gesagt, hatte mir feierlich versprochen, er würde mir alles geben, worum ich ihn bat, wenn ich seine Hand wieder gesund machte.

Ich wusste, dass nicht ich es gewesen war, sondern Gott, der ihn geheilt hatte. Trotzdem wollte ich den Herrn nun um etwas bitten. Ich wollte ihn bitten, mir Lolis zur Frau zu geben.

Aber zuerst musste ich mein Versprechen gegenüber Unserer Lieben Frau einlösen und dafür hatte ich mir auch schon einen Weg überlegt.

Dreizehntes Kapitel, in dem ich freigelassen werde

Der König hatte die Angewohnheit, oft zu ungewöhnlichen Stunden zu kommen, um eine kurze Weile im Atelier zu bleiben.

»Ihr braucht mich nur als Euren Herrscher zu betrachten, wenn ich spreche«, hatte er dem Herrn gesagt. »Ich möchte in der Lage sein, ruhig und ohne Förmlichkeiten zu kommen und zu gehen, dazusitzen und mich an einem Gemälde meiner Wahl zu erfreuen, innere Ruhe zu spüren.« Er hatte auch mir befohlen, ihn, außer wenn er sprach, nicht zu »sehen«, wenn er ohne Begleitung kam. »Ich möchte ein Weilchen völlig unsichtbar sein«, hatte er uns lächelnd gesagt.

Daher standen im Atelier immer Kuchen und Wein für ihn bereit sowie einer seiner eigenen Lehnstühle. Die Zeit, zu der er gewöhnlich vorbeikam, war der späte Nachmittag, bevor er sich für irgendeine Hofzeremonie umziehen musste.

Vor langer Zeit hatte ich einige Höflinge aus Rubens' Begleitung sagen hören, dass der spanische Hof der steifste und langweiligste in Europa sei. Ich bin sicher, Seine Majestät empfand es auch so, wusste aber nicht, was er dagegen tun konnte.

So flüchtete er, schlürfte im Sitzen seinen Wein und betrachtete ein Gemälde. Das hatte er selbst an seinem Standplatz herumgedreht und in einiger Entfernung von seinem Stuhl aufgestellt.

Heimlich hatte ich in der Zwischenzeit ein großes Bild gemalt. Der Herr leistete nämlich häufig der Herrin in ihrem Schlafzimmer Gesellschaft, wo sie für viele Stunden ruhte und wohin sie ihn rief, mit ihr zu plaudern. Sie fühlte sich oft einsam und brauchte seine Nähe.

Das Thema meines Bildes waren die Lieblingshunde des Königs. Alle waren inzwischen tot und sie hatten auch nicht zur gleichen Zeit gelebt. Dem König aber waren sie lieb gewesen und ich wusste, er würde sie erkennen.

Die drei Jagdhunde – einer von ihnen Corso – lagen auf einer Waldlichtung. Ein goldener Lichtstrahl drang durch die Zweige der Bäume und lag warm auf den Tieren. Einer der Hunde war mir zugewandt, die Zunge hing aus dem Maul, die schwarzen Lippen waren wie zu einem Lächeln hochgezogen. Ein anderer blickte mit gespitzten Ohren in die Ferne. Der Dritte döste mit der Nase auf den Pfoten vor sich hin. Ich hatte die Abbilder sorgfältig aus verschiedenen Werken des Herrn übernommen und die Szenerie mit der ganzen Kunstfertigkeit entwickelt, derer ich fähig war.

Nachdem ich die Kommunion empfangen und mich empfohlen hatte, nahm ich dieses Gemälde und stellte es zu denen des Herrn, die gegen die Wand gedreht auf die Wahl durch den König warteten. Dann sah ich zitternd und ängstlich der Stunde entgegen, in der ich würde beichten müssen.

Einige Tage vergingen. Seine Majestät fühlte sich nicht wohl und blieb in den königlichen Gemächern.

Der Herr malte ein neues Arrangement von Spiegeln, schob diese umständlich hin und her und überprüfte Licht und Widerschein. Er beachtete mich nicht und merkte nicht, dass ich nervös war.

Dann schlug meine Stunde.

Es war spät am Nachmittag. Der Herr malte nicht, sondern saß am Tisch, schrieb Rechnungen und bestellte besondere Pigmente aus Flandern. Die Tür zum Atelier öffnete sich leise, Seine Majestät trat ein und blickte in seiner unsicheren, um Nachsicht bittenden Art um sich. Er war für eine Hofzeremonie gekleidet: schwarze Samtschuhe und lange schwarze Seidenstrümpfe, schwarze Samthosen. Aber statt eines Wamses trug er nur ein dünnes, weißes Baumwollhemd und einen Morgenmantel aus dunklem Seidenbrokat. Ich vermutete, er würde nach der Betrachtung eines Bildes in seine Räume zurückkehren, sein Wams anlegen, den Barbier rufen, damit er ihn rasierte sowie sein Haar und den Schnurrbart kräuselte, und dann im letzten Augenblick seine große weiße, gestärkte Halskrause anlegen.

Er rückte seinen Stuhl vor, setzte sich und streckte mit einem tiefen Seufzer die langen Beine aus. Dem Herrn schenkte er ein freundliches Lächeln, das dieser warm und liebevoll erwiderte, um dann mit seinen Rechnungen weiterzumachen.

Nach einer kleinen Weile stand der König auf und ging zur Wand. Er zögerte einen Moment, dann drehte er ein Bild zu sich um. Es war meins. In der nachmittäglichen Beleuchtung hoben sich die treuen Jagdhunde deutlich vom dunklen Hintergrund ab. Auf ihrem Fell schimmerte die Sonne. In den großen, liebevollen, dunklen Augen waren Glanzlichter zu sehen. Seine Majestät stand erstarrt. Er hatte dieses Bild nie zuvor gesehen. Ich merkte, wie sich sein immer langsamer Verstand an die Tatsache gewöhnte, dass dies tatsächlich ein Porträt seiner eigenen Lieblingshunde war.

Ich warf mich vor ihm auf die Knie.

»Ich bitte um Vergebung, Majestät«, flehte ich. »Das Gemälde ist von mir. Ich habe all die Jahre im Geheimen gearbeitet, mit Leinwandstücken und Farbe, und die Werke des Herrn kopiert, um von ihnen zu lernen, und mich auch an ein paar eigenen Themen versucht. Ich weiß sehr wohl, dass dies gegen das Gesetz ist. Der Herr hat nie auch nur einen Verdacht gehabt und nichts mit meinem Vergehen zu tun. Ich bin gewillt, jede Strafe auf mich zu nehmen, die Eure Majestät mir auferlegen.«

Ich blieb auf den Knien, bat die Jungfrau, an mein Versprechen zu denken, betete und erflehte ihre Vergebung und Hilfe. Als ich die Augen aufschlug, sah ich die Füße Seiner Majestät, wie sie sich nervös hin und her bewegten. Offenbar wusste er nicht, was er antworten sollte. Dann räusperte er sich und holte tief Luft. Die Füße in den Samtschuhen kamen zur Ruhe.

»Was … was sollen wir tun … mit diesem … diesem … ungehorsamen Sklaven?« Ich hörte, wie er lispelte und stotterte, als er sich zum Herrn wandte.

Immer noch auf den Knien sah ich, wie sich die gepflegten, kleinen Füße des Herrn in den Lederschuhen aus Córdoba näherten und vor meinem Bild stehen blieben. Er betrachtete das Gemälde eine Weile schweigend und der König wartete ab.

Dann sprach der Herr: »Habe ich die Erlaubnis Eurer Majestät, einen dringenden Brief zu schreiben, bevor ich antworte?«

»Die habt Ihr.«

Der Herr ging wieder zu seinem Tisch. Ich hörte, wie sein Gänsekiel auf dem Papier kratzte. Seine Majestät kehrte zu seinem Stuhl zurück und warf sich darauf nieder. Ich blieb, wo ich war, und betete mit ganzer Kraft.

Der Herr erhob sich. Seine Füße bewegten sich zu mir hin.

»Steh auf, Juan«, sagte er. Er legte eine Hand unter meinen Ellbogen und half mir auf die Füße. Er schaute mich mit der sanften Zuneigung an, die er mir immer gezeigt hatte.

Er nahm meine Hand und legte einen Brief hinein. Ich habe ihn seitdem immer bei mir getragen, eingenäht in einen seidenen Umschlag und innen in meinem Hemd festgesteckt. Er lautete:

ALLER WELT KUND UND ZU WISSEN:
Ich habe am heutigen Tag meinem Sklaven Juan de Pareja die Freiheit gegeben, auf dass er alle Rechte und Ehren eines freien Mannes habe. Darüber hinaus ernenne ich ihn hiermit zu meinem Gehilfen mit allen Pflichten und dem Gehalt, die damit verbunden sind.
Diego Rodríguez de Silva y Velázquez

Der Herr nahm mir den Brief vorsichtig aus der Hand, nachdem ich ihn gelesen hatte, und brachte ihn dem König, auf dessen Gesicht sich, während er las, ein strahlendes Lächeln zeigte. Es war das erste Mal in all den Jahren, dass ich Seine Majestät lächeln sah. Seine Zähne waren klein und unregelmäßig, aber dieses Lächeln erschien mir als das schönste, das ich je gesehen hatte.

Der Brief wurde mir zurückgegeben. Ich stand da und Freudentränen strömten mir aus den Augen.

»Sie sagten etwas von einem Sklaven, Majestät?«, fragte der Herr leise. »Ich habe keinen Sklaven.«

Ich ergriff seine Hand, um sie an die Lippen zu führen.

»Nein, nein«, rief der Herr und entzog sie mir. »Du schuldest mir keinen Dank, mein guter Freund. Im Gegenteil. Ich schäme mich, dass ich dir in meiner selbstsüchtigen Voreingenommenheit nicht schon vor langer Zeit gegeben habe, was du dir so gut verdient hast. Ich weiß, dass du mit deinen zahlreichen Tugenden dem neuen Stand zur Ehre gereichen wirst. Du sollst mein Gehilfe sein, wenn du das möchtest, so wie du immer mein Freund sein wirst.«

»Ich bin zufrieden«, sagte Seine Majestät und erhob sich. An der Tür, bevor er ging, drehte er sich um und wiederholte noch einmal: »Ich bin zufrieden.«

Der Herr und ich warteten nebeneinander und verbeugten uns, als der König den Korridor entlangsegelte, während sich hinter ihm sein Morgenmantel blähte.

»Lass uns unsere Sachen zusammenpacken, Juan« – er nannte mich niemals wieder Juanico –, »und nach Hause gehen. Die Herrin ist verdrießlich, wenn ich nicht öfter bei ihr bin. Und ich bin müde.«

»Als Euer Gehilfe, Herr …«

»Jetzt darfst du mich nicht mehr ›Herr‹ nennen. Nenn mich Diego.«

»Das kann ich nicht. Ihr seid immer noch der Herr. Mein Herr und Meister, wie Ihr der Meister für die Lehrlinge wart und für andere Maler. ›Herr‹ bedeutet auch ›Lehrer‹, nicht wahr?«

»Ja.«

»Ich habe mich nie geschämt, Euch meinen Herrn zu nennen, und ich schäme mich auch jetzt nicht. Ich werde Euch immer den Respekt dieser Anrede erweisen.«

»Wie du willst.«

Wir gingen durch die Straßen Madrids zu unserem Haus. Jeden Schritt machte ich mit neuem Schwung in den Knien und mit neuer Freude im Herzen, denn ich ging als freier Mann neben meinem Lehrherrn.

»Aber, Herr«, sagte ich, als wir die Plaza Mayor überquerten, »Ihr habt Euch geirrt, als Ihr gesagt habt, Ihr hättet keinen Sklaven. Da ist doch Lolis.«

»Lolis gehört meiner Frau«, entgegnete er.

Ich war entschlossen, diesen Tag in jeder Hinsicht zu einer strahlenden Erinnerung zu machen.

»Herr, als wir in Italien waren, habt Ihr mir gesagt, dass ich alles von dieser Hand erbitten könnte«, und ich nahm seine Rechte sanft in die meine, »und Ihr würdet es mir geben. Nun weiß ich, worum ich bitten möchte.«

Er blieb auf dem Platz stehen, wo uns die letzten flachen Sonnenstrahlen trafen. »Du möchtest Lolis«, sagte er lächelnd.

»Ich möchte sie heiraten. Wenn sie mich haben will.«

»Ich werde mit meiner Frau darüber sprechen. Ich sehe keinen Grund, warum ihr nicht heiraten solltet, wenn ihr beide es wünscht«, antwortete er und wir schlenderten schweigend weiter.

In unserem Haus, wo ich so viele Jahre voller Zufriedenheit gelebt hatte, obwohl ich nicht frei gewesen war, erschien mir nun alles wie neu. Die Korridore, so sehr ein Teil meines täglichen Lebens, die dunklen, schweren geschnitzten Möbel, das lebensgroße Kruzifix mit dem immer sanft flackernden Licht in einer Glasschale zu Füßen des Christus, die dunklen roten Samtvorhänge, die nun angesichts des sich neigenden Tages zugezogen waren, um die üblen Dünste der Nacht fern zu halten – alles war mir lieb und vertraut, aber doch irgendwie frisch und neu.

Kaum hatten wir das Haus betreten, als Lolis angelaufen kam mit dem Finger auf den Lippen.

»Die Herrin hat heute starke Schmerzen gehabt«, flüsterte sie, »und es ist mir gerade gelungen, sie zum Einschlafen zu bringen.«

»Dann werde ich nicht hochgehen«, antwortete der Herr. »Bring uns bitte etwas Wein, Lolis, und ein paar Walnüsse.«

Wir gingen ins Esszimmer. Häufig kam Paquita mit ihrem Töchterchen, aber heute war das Haus ruhig und still. Wir aßen unsere Nüsse und tranken zusammen Wein. Ich konnte sehen, dass sich der Herr Sorgen machte, und ich wusste, warum. Die Herrin war immer öfter krank und schwach und manchmal lag sie nur da und weinte.

Als ich später in die Küche ging, kam Lolis und legte den Kopf an meine Schulter. Sie weinte nicht – mir kamen immer schnell die Tränen, aber ich habe nie eine auf ihren Wimpern glänzen gesehen –, aber sie seufzte tief.

»Die arme Frau«, klagte sie. »Ich habe sie lieb gewonnen, Juan. Und bald werden wir ihr Opium geben müssen, um die fürchterlichen Hustenkrämpfe zu verhindern. Der König könnte es für den Herrn besorgen. Es wird jetzt eine traurige Zeit, Juan, bis Gott sie zu sich ruft.«

Tatsächlich aber erholte sich die Herrin, wie das manchmal passiert, und es schien ihr ein paar Tage später viel besser zu gehen. Sie stand auf, wurde angekleidet und aß einige von den Leckerbissen, die Lolis für sie zubereitet hatte. Am zweiten Abend kam sie zum Esstisch, lächelte und schien sehr glücklich neben dem Herrn zu sitzen. Sie aß eine ganze Menge und musste nicht einmal husten.

Der Herr blickte plötzlich auf zu mir und ich konnte an seinen Augen ablesen, was er vorhatte. Er wandte sich zu ihr und sagte: »*Vida mía*, ich habe unserem guten Freund Juan die Freiheit gegeben und er ist nun mein hoch geschätzter Gehilfe. Er wird mir viele Aufgaben abnehmen und ich werde mir mehr Ruhe gönnen und öfter bei dir sein. Ich weiß, dass du einsam gewesen bist, nachdem unsere Tochter geheiratet und das Haus verlassen hat.«

»Oh ja!«, rief die Herrin und ihr schmales Gesicht hellte sich auf. »Deshalb ist es mir so schlecht gegangen. Ich bin einsam gewesen.«

»Und Juan möchte heiraten. Er hat dir sein Herz geschenkt, Lolis. Was sagst du dazu?«

Die Herrin fasste sie bei den Händen. »Lolis!«, rief sie. »Was ist deine Antwort?«

Ich erinnere mich, dass Lolis ein Kleid in hellem Mandelgrün trug und ihr Haar mit einem rosenfarbenen Schal zurückgebunden hatte.

»Kann ich antworten, wie ich will?«, fragte Lolis.

»Natürlich.«

»Meine Antwort ist: Nein.«

Ich fühlte mich, als ob gerade ein Dolch mein Herz durchbohrte. Lolis sah in meinem Gesicht, wie verletzt ich war.

»Es ist nicht, weil ich ihn nicht mag«, erklärte sie mit ihrer tiefen, sanften Stimme. »Er ist ein guter, liebevoller

Mann, aber ich möchte keine Kinder zur Welt bringen, die Sklaven sind.«

Die ruhige Stimme des Herrn war zu hören: »Du hast Recht, Lolis. Juan ist nun ein freier Mann. Und ich bin sicher, meine Frau möchte auch dir deine Freiheit geben, als Hochzeitsgeschenk. Ist es nicht so, meine Liebe?«

Die Herrin griff ihr Stichwort auf. Sie war immer bemüht, dem Herrn auf jede erdenkliche Weise zu Willen zu sein, und nun, da sie krank war, anscheinend ganz besonders.

»So ist es tatsächlich. Wenn du mir Papier, Feder und Tintenfass reichst, will ich gleich den Freibrief ausstellen.«

Sie schrieb den Brief und legte ihn Lolis in die Hand.

»Meine liebe Lolis«, sagte sie, »du bist nun so frei, wie du es innerlich immer gewesen bist, denke ich. Aber ich habe einen Wunsch an dich. Bleibe doch bitte als meine Pflegerin. Verlass mich nicht … noch nicht.«

Lolis steckte sich den Brief ins Mieder und blickte zärtlich auf die Herrin.

»Ich bin froh, frei zu sein«, sagte sie. »Froher, als Ihr ermessen könnt. Ich habe mir nie träumen lassen, dass es so bald geschehen würde, obwohl ich in der Zukunft gelesen habe, dass es eines Tages so kommt. Und ich habe auch gesehen, dass ich Juan heiraten werde. Ja, ich bleibe bei Euch, Herrin, solange Ihr mich braucht. Und ich danke Euch.«

Ruhig sammelte sie ein paar Geschirrstücke ein und verließ leise den Raum.

Der Herr gab mir mit den Augen die Erlaubnis und ich

folgte Lolis hinaus in die Küche. Sie lag in einer Ecke auf den Knien und betete.

»Ich habe Gott gedankt«, erklärte sie mir. »Jeden Tag meines Lebens habe ich dafür gebetet.«

»Und du willst mich heiraten, Lolis?«

»Ja. Aber du hättest eine bessere Frau finden können, Juan. Ich bin stolz und hochmütig und manchmal habe ich eine scharfe Zunge.«

»Ich will aber dich, so wie du bist.«

Sie kam in meine Arme und ließ mich ihr Haar streicheln, ihre Wange und ihre Stirn.

»Ich war verbittert darüber, eine Sklavin zu sein«, sagte sie. »Ich konnte in meinem Herzen keine Dankbarkeit empfinden, denn tief in meinem Inneren war die Verbitterung, weil ich gefangen war. Ich weiß, dass Gott uns alle frei erschaffen hat und dass kein Mensch einen anderen besitzen sollte. Ich habe es gehasst, Menschen zu dienen, allein weil ich eine Sklavin war und ihren Willen tun musste. Nur in diesem Haus habe ich etwas Ruhe gehabt, weil ihr alle freundlich seid und die Herrin gütig und liebevoll ist. Ich werde mein Bestes tun, ihr die letzten Tage angenehm zu machen. Aber ich bin nicht wie du, Juan, dankbar und anhänglich. Ich habe es *gehasst*, ein Besitzstück zu sein! Es ist mir an manchen Tagen sehr schwer gefallen, die heißen Worte zurückzuhalten und die Verbitterung aus meiner Stimme.«

»Mach dir nichts draus. Jetzt ist alles anders. Und wenn wir Kinder haben, werden sie frei geboren.«

»Ja. Aber viele von unserer Rasse sind es nicht, Juan. Ihretwegen tut mir das Herz weh.«

»Eines Tages«, versicherte ich ihr, »eines Tages werden alle Menschen frei sein, das weiß ich.«

»Es wird lange dauern und viel Blut kosten, bis dieser Tag kommt«, erwiderte Lolis düster.

Vierzehntes Kapitel, in dem ich traurig Abschied nehme

Lolis und ich wurden in der Kirche nahe bei unserem Haus getraut, wo ich, von Murillo ermuntert, regelmäßig zur Beichte und zur Kommunion gegangen war. Paquita, die ein zweites Kind erwartete, und ihr Mann waren unsere Trauzeugen. Und mein geliebter Herr stand an meiner Seite. Die Herrin hatte einige schlimme Tage hinter sich und war sehr schwach. Aber sie gab uns ihren Segen, bevor wir in die Kirche gingen.

Mein Herz war trunken vor Glück, als ich die Hand meiner geliebten Lolis ergriff und die Worte hörte, die uns zu Mann und Frau machten – von dem Tag an und für immer. Nur allzu bald sollte ich Gott sehr innig dafür danken, dass er mir meine zärtliche Gefährtin gegeben hatte, bevor all der Kummer über uns kam. Ich glaube nicht, dass ich ohne sie alles hätte ertragen können. Es war ein furchtbares Jahr für uns.

Die Herrin hatte Lolis eine Bahn blauer Seide gegeben, aus der sie sich ihr Hochzeitskleid nähte. Der Herr gab uns Stühle, Teppiche und zwei Zimmer in seinem Haus zur Wohnung. Sogar der König sandte uns ein Geschenk, einen Samtbeutel mit dreißig Dukaten darin.

Dann überschüttete der Himmel uns mit äußerst schweren Heimsuchungen. Paquita überlebte die Geburt ihres Kindes nicht – trotz aller ärztlichen Kunst von Dr. Méndez. Das Kind war eine Totgeburt. Sie wurden zusammen begraben, das unschuldige Kleine und unsere fröhliche, liebevolle Paquita. Zuerst trauten wir uns nicht, es der Herrin zu berichten. Unsere Befürchtungen waren nur zu berechtigt, denn als sie es schließlich erfahren musste, trat ihre Krankheit in ihr letztes Stadium.

Zum Schluss sorgte Dr. Méndez dafür, dass sie Opium bekam, und sie durfte ihre letzten Tage und Nächte verschlafen. Sie wurde vom Husten geschüttelt, aber in ihren von den Drogen herbeigeführten Träumen spürte sie das nicht.

Keine zwei Monate nachdem wir Paquita und ihren Säugling beerdigt hatten, legten wir die Herrin an ihre Seite.

Der Herr vergoss keine einzige Träne, aber er wurde schweigsam und kalt. Er sprach nicht, beantwortete auch keine Fragen und viele Tage lang wollte er außer ein wenig Obst nichts essen. Er wurde ganz dünn und bleich und achtete auf nichts, was um ihn herum vor sich ging. Ich glaube, wenn ich nicht in seiner Nähe gewesen wäre, hätte er sich nicht einmal gewaschen oder die Kleidung gewechselt. Er war nicht mehr er selbst, sondern in Gedanken weit weg in einem Land, in das ich ihm nicht folgen konnte.

Damals bewies Seine Majestät, welch treuer Freund er

dem Herrn war. Kein Tag verging, an dem er nicht kam und wortlos einfach im gleichen Raum saß wie der Herr und allein durch seine schweigsame Anwesenheit Trost spendete.

Als der Winter verging und der Frühling kam, fing der Herr wieder zu zeichnen an. Der Grund war, glaube ich, dass er so lange mit einem Stück Kohle oder einem Pinsel in der Hand gelebt hatte, dass er sie automatisch wieder ergriff, auch wenn ihm das Herz brach. Er arbeitete dann ohne Pause. Meistens zerriss oder zerstörte er jedoch alles, was er gezeichnet oder gemalt hatte. Manchmal konnte ich etwas retten und aufheben. Dies sind heute meine Schätze.

Dann kam eines Tages der König, von Pagen angekündigt, ins Atelier. Er war in Blau gekleidet. Während jedermann achtungsvoll stillstand, wurde eine Bekanntmachung verlesen.

Der Herold des Hofes verkündete, dass die Schwester des Königs, die Infantin María Teresa, König Ludwig XIV. von Frankreich heiraten sollte. Der Bräutigam würde nicht persönlich erscheinen, sondern sich bei der Trauung vertreten lassen. Trotzdem sollten die Feierlichkeiten die denkbar prächtigsten sein. Der Hofmaler Don Diego Rodríguez de Silva y Velázquez wurde mit dem Entwurf und der Dekoration des Pavillons betraut, in dem die Zeremonie stattfinden sollte.

Nachdem der König mit seinen Herolden gegangen war, setzte sich der Herr hin und fing sofort an zu skizzieren.

Ich wusste so gut wie er selbst, dass dies eine Aufgabe sein würde, die alle seine Fähigkeiten verlangte. Er würde sich mit den Architekten, den Baumeistern, den Proviantmeistern, den Schneidern und Kleidermachern beraten müssen. Eine königliche Hochzeit ist immer eine prächtige Angelegenheit. Diese war jedoch außerdem überaus wichtig, da Ludwig XIV. der mächtigste Monarch Europas war. Zwar sollte er nicht persönlich, sondern nur durch einen Vertreter anwesend sein; es würde aber eine Menge französischer Höflinge kommen, um ihm zu berichten. Ich konnte auch sehen, dass die Aufgabe große Auswirkungen auf die Gesundheit des Herrn haben würde. Er war immer jemand gewesen, der seine Pflichten sehr ernst nahm. Und er wollte erreichen, dass der König stolz auf ihn war. Die ganze Angelegenheit füllte ihn voll aus und lenkte ihn von seinen traurigen und niedergeschlagenen Gedanken ab. Vor Ablauf eines Monats war er wieder fast der Alte.

Wir reisten zuammen, um das Gelände zu untersuchen, das der König für den Pavillon ausgewählt hatte. Es war eine schöne Insel im Fluss Bidasoa, aber feucht und etwas tief gelegen. Nachts bedeckten Nebelschwaden die Wiesen. Früh am Morgen erhoben sich dort ganze Wolken von Mückenschwärmen. Später wurden sie dann von der Sonnenhitze vertrieben.

Es gab keinen Zweifel, dass ein Pavillon an diesem Ort zauberhaft schön sein würde. Die Gefährlichkeit des Geländes stellte auch kein Problem dar, da der Pavillon nur an diesem einen Tag benutzt werden sollte. Wir aber mussten Tag für Tag dort arbeiten, berechnen, untersuchen, entscheiden und skizzieren und es war ein ungesunder Ort.

Trotz meiner Befürchtungen wurde der Herr jedoch nicht krank und ich auch nicht, obwohl viele von den Arbeitern, die mit dem Gebäude anfingen, sich mit Fieber niederlegten und einige von ihnen starben. Dem wurde nicht allzu viel Bedeutung beigemessen, da wir im Sommer immer eine gewisse Anzahl von Fiebertoten hatten.

Wann immer ich konnte, nahm ich dem Herrn einige der ermüdenden Inspektionsaufgaben ab, während er malte und seine Entwürfe im Atelier vervollkommnete. Gegen Ende war er aber oft beim Pavillon, um sicherzustellen, dass all seine Anweisungen ausgeführt wurden. Nach seiner Fertigstellung war er ein reicher und würdiger Pavillon in bester spanischer Tradition und verkörperte in sich den ganzen Glanz und die Macht des spanischen Königshauses.

Der Herr hatte einen großen rechteckigen Hof entworfen, der mit Stein und sauber eingepassten, dunklen Holzplanken gefliest war. Darüber lagen Teppiche in den glühendsten Farben, in dunklem und hellem Laubgrün. Bögen hoben ihre schlanken Arme über den ganzen Pavillon, ohne dass dieser von einem Dach geschlossen wurde. Wir waren sicher, dass es nicht regnen würde. So hatte der Herr vorgesehen, dass zwischen den Bögen ein leichtes Gitterwerk gespannt wurde, an dem sich Ranken mit duftenden weißen Blüten entlangschlängelten. Wenn man unten stand und durch die Blumen und Blätter schaute, hatte man ein Gefühl von unvergleichlicher Kühle und Frische.

Vom großen Kruzifix abgesehen, war der Altar weiß und golden. Der Herr hatte die Gemälde angefertigt, mit denen er geschmückt war. Dargestellt waren zwei große Engel in weißen Gewändern, die heiligen Joseph und Jakobus und über dem Altar ein wunderschönes Bild Unserer Lieben Frau. Alle Darstellungen waren ganz anders ausgeführt, als der Meister es gewöhnlich tat. Die Hintergründe zeigten nämlich nicht seinen bevorzugten Stil mit tiefen Schatten, sondern wirkten zart und von silbrigem Licht durchdrungen.

Entlang der ganzen Route des Hochzeitszuges stellte er Gemälde von großen weißen Blumenvasen abwechselnd mit richtigen Blumenvasen auf. Hinter jeder befand sich ein Spiegel. Die Wirkung war, dass man sich in einer großen Blumenlaube glaubte. Aber die Bilder und Spiegel verhinderten, dass der Blütenduft zu bedrückend süß wurde. Er wollte nicht, dass die Infantin oder eine von ihren Damen bei diesem wichtigen Ereignis von einer Ohnmacht überwältigt wurden.

Die Hochzeitsgäste sollten alle in unterschiedlichen Schattierungen von Grün gekleidet sein, außer der Prinzessin und dem König. Sie trug Weiß. Von ihrem goldenen Haar, das von einem Kranz weißer Blüten zusammengehalten wurde, fiel ein langer Schleier aus weißer Gaze. Seine Majestät war in Silberstoff gekleidet mit hellgrünen Stickereien und Einsätzen.

Die Hochzeit war wirklich die schönste Zeremonie, die ich jemals gesehen habe. Ich bin sicher, dass sich keiner der anwesenden Adligen jemals etwas so Schönes erträumt hatte, etwas so vollkommen Geschmackvolles, das so hervorragend die Hoffnungen, die Reinheit und die Jugend der Braut zum Ausdruck brachte.

Der Herr und ich kehrten nach Madrid zurück, wo er natürlich zu allen Abendgesellschaften, Tänzen und Banketten geladen war, die zur Feier der Hochzeit noch folgten. Aber als der König eine große Jagd ankündigte und ein Fest vor der Abreise der Braut nach Frankreich, entschuldigte sich der Herr, er sei erschöpft und habe Kopfschmerzen.

Zunächst machte ich mir keine Sorgen. Der Herr mochte keine Jagden und ritt nie, wenn er es vermeiden konnte. Außerdem hatte er schon gelegentlich an bösen Kopfschmerzen gelitten und ich wusste, wie ich für ihn sorgen konnte. Er kehrte in unser Haus in der Stadt zurück und legte sich hin. Ich verdunkelte sein Zimmer und legte ihm kühle Tücher auf die Stirn. Es war ein heißer, drückender Tag, aber mir wurde bald klar, dass er Fieber hatte. Er riss die Brust seines leichten Batisthemdes auf und atmete schwer. Als ich die Läden ein wenig öffnete, erkannte ich, dass dies nicht eine seiner Migränen war, bei denen er bleich und kalt wurde, sondern ein Fieber. Seine Wangen waren dunkel gerötet, die Augen glänzten wie Porzellan. Scine Stirn fühlte sich sehr heiß an.

Lolis half mir, ihn zu pflegen. Wir taten alles, was uns als heilsam bekannt war. Meinen Schatz an Kenntnissen über Krankheiten ergänzte Lolis durch die ihren. Außerdem holten wir natürlich Dr. Méndez. Er veranlasste uns, den Herrn unter Decken warm zu halten und so viel wie möglich schwitzen zu lassen. Lolis und ich flehten ihn an, die heißen Brühen, die sie machte, und die Tees, die schwer mit Honig gesüßt waren, zu sich zu nehmen. Er gehorchte. Das Fieber aber war hartnäckig. Trotz unserer Bemühungen kam es jeden Abend bei Sonnenuntergang aufs Neue, schüttelte ihn und zehrte an ihm. Gewöhnlich legte es sich am Morgen wieder mit einem Schweißausbruch. Dann konnte ich ihn mit einem Schwamm waschen und es ihm in frischer, kühler Bettwäsche bequem machen. Danach schlummerte er ein wenig. Am späten Nachmittag wachte der Herr jedoch wieder auf, lag da und wartete, ängstlich und schwach, und das Fieber fachte erneut sein Feuer an. Ich erinnerte mich, dass er genau das gleiche stumme, hilflose Verhalten angenommen hatte, mit dem er das Elend der Seekrankheit auf unseren Reisen erdulden musste.

Trotz allem, trotz unserer Pflege und Gebete, trotz aller geheimen Mittel von Dr. Méndez hielt das Fieber einundzwanzig Tage lang an. Danach war der Herr zum Skelett abgemagert. Er war nie ein schwerer Mann und immer ein schwacher, wählerischer Esser gewesen. So hatte er keine Kraftreserven. Der König kam jeden Tag, sprach allerdings nicht, sondern saß nur von Gefühlen bewegt da und starrte den Herrn mit hellen, traurigen Augen an.

Dann kam ein Tag, da der Herr auf das Fieber wartete, und es wollte und wollte sich nicht einstellen. Es wurde Nacht und wieder Tag. Der Herr schlief tief, er war kühl und ruhig. Lolis und ich fielen uns in die Arme, lachten und weinten. Die Kraft des Fiebers war gebrochen. Der Herr würde wieder gesund werden.

Natürlich erholte er sich nur langsam. Ganz allmählich musste er dazu gebracht werden, zu essen, jeden Tag ein bisschen mehr, um wieder zu Kräften zu kommen. Dann durfte er sich aufsetzen, rundherum von Kissen gestützt. Schließlich erlaubte der Doktor, dass er aufstand und in seinem Zimmer umherging.

Es war ein Dienstag. Ein schöner und klarer Tag brach an und das Sonnenlicht warf Muster auf den glänzenden Holzfußboden des Ateliers. Ich hielt dem Herrn einen Spiegel, damit er sich im Sitzen rasieren konnte. Er schlüpfte in einen langen arabischen Morgenmantel, der ihm bis auf die Füße reichte, und in Hausschuhe aus weichem Leder, drehte die Beine herum und stellte zum ersten Mal seit Wochen die Füße auf den Boden.

»Ich muss mich, glaube ich, auf dich stützen, Juan, wenn du gestattest. Ich bin immer noch sehr schwach.«

Er stand auf und legte mir sein Gewicht – jetzt so viel geringer – auf die Schultern. Wir gingen langsam durch die Diele und ins Atelier. Der Herr seufzte vor Freude, dort im Angesicht seiner Staffeleien und Gemälde zu sein. Es bedeutete eine Rückkehr ins Leben. Er setzte sich und ruhte ein Weilchen aus. Dann stand er wieder auf, um zu seiner Lieblingsstaffelei zu gehen, auf der ein Stück aufgespannter Leinwand auf ihn wartete.

Auf halbem Weg dorthin machte er sich vorsichtig frei von mir und ging allein weiter. Aber er kam nicht bis zur Staffelei. Als er fast dort war, stolperte er, streckte die Hand aus, um sich irgendwo festzuhalten, und schlug lang hin. Im gleichen Augenblick erreichte ich ihn. Ich verfluchte mich, dass ich seinen Versuch, allein zu gehen, zugelassen hatte. Als ich ihn aufrichtete, sah ich, dass ich nichts mehr tun konnte. Er war tot. Der Kummer und die Krankheit hatten sein Herz geschwächt. Bei der ersten Anstrengung war es flatternd zum Stillstand gekommen.

Ich saß auf dem Boden, hielt ihn in den Armen und dachte an all die gemeinsamen Jahre zurück. Ich, der ich immer schnell in Tränen ausbrach, konnte jetzt keine einzige vergießen. Ich fühlte, wie die dunklen Schwingen des Todesengels meinen Herrn, meinen Lehrer einhüllten. Ich dachte, dass sie auch mich mit ihm zusammen einhüllen müssten.

Lolis kümmerte sich um alles, während ich hilflos und nutzlos dabeistand. Sie rief Dr. Méndez. Er eilte herbei und stellte den Totenschein aus. Sie benachrichtigte den König. Er kam und hielt die ganze Nacht Totenwache an der Bahre des Herrn. Ich stand mit versteinertem Gesicht und trockenen Augen da. Seine Majestät aber weinte die ganze Nacht.

Der Herr erhielt ein stilles Begräbnis und wurde an der Seite der Herrin zur Ruhe gelegt, nicht weit von Paquita, die ihm erst vor so kurzer Zeit vorausgegangen war. Er hatte kein Testament hinterlassen, aber der König kannte seine Wünsche und sie wurden erfüllt. Ich wurde mit Gaben überschüttet – all seine Kleider, seine Staffelei und eine beträchtliche Summe Geldes. Sein ganzer Hausrat ging an Paquitas Mann, und das Haus, in dem wir alle so lange und glückliche Jahre gelebt hatten, fiel an Paquitas ältestes Kind, die kleine Enkelin, die der Herr so geliebt und so oft gemalt hatte.

Lolis und ich berieten über unsere Zukunft, als ich in der Lage war, mich zusammenzunehmen und der Tatsache ins Auge zu sehen, dass noch Jahre vor uns lagen, Jahre, in denen ich arbeiten, für meine Frau sorgen und alle die Aufgaben erfüllen musste, die nach Gottes Willen noch auf mich warten könnten.

»Ich glaube«, sagte ich zu ihr, »dass ich gerne nach Sevilla zurückkehren würde. Madrid ist für mich jetzt ein zu trauriger Ort.«

»Auch ich würde gerne im Süden leben, näher an Afrika«, erklärte sie mir.

Und so begannen wir unsere Kisten zu packen und unsere Abschiedsbesuche zu machen. Ich ersuchte um eine Audienz beim König, um mich von ihm zu beurlauben.

Er war schwarz gekleidet und empfing mich wie jemand, der um einen Angehörigen trauerte. Er hatte aus dem Nachlass des Herrn Palette und Pinsel genommen und gesagt, dass er sie für sich behalten wolle. Ich war überrascht zu sehen, dass er sie neben sich auf einem Stuhl hatte, als wir miteinander sprachen.

»Juan de Pareja«, sagte er, »ich habe einmal gehört, wie Don Diego, Euer verstorbener Herr, sagte, dass er Euch Eure Freiheit zu spät gegeben hätte. Er schämte sich deswegen und er hat es bitterlich bereut, dass er nicht früher erkannt hatte, dass Ihr Euch Eure Freiheit gewünscht und sie verdient hattet, lange bevor er sie Euch gab.«

»Es stimmt, dass ich mich danach gesehnt hatte, aber nicht, um ihn zu verlassen. Nur weil ich malen wollte. Ich habe es ihm nie nachgetragen, dass er nicht daran gedacht hatte.«

»Ich weiß. Und ich weiß auch, wie er sich fühlte. Denn ich bin auch säumig gewesen und bin zu spät dran. Bei vielen Gelegenheiten ist es mir in den Sinn gekommen, dass ich Don Diego zu einem Ritter des heiligen Jakob ernennen sollte. Aber ich habe nie die nötigen Schritte unternommen. Zu viel Zeit habe ich verstreichen lassen und ich mache mir Vorwürfe deswegen. Aber nun werde ich ihn zu dieser hohen Ehre erheben und mit deiner Hilfe wollen wir auf seine Brust das rote Kreuz des heiligen Jakob malen.«

»Aber, Sir, wie …?«

»Don Diego hat, soviel ich weiß, nur ein Selbstporträt hinterlassen«, sagte der König. »Das ist Teil seines wundervollen Gemäldes *Las Meninas*, in dem er mit Hilfe von Spiegeln Abbilder meiner Königin, meiner Kinder und von mir selbst gemacht hat. Wir wollen zu diesem Bild gehen. Bring die Palette mit und die Pinsel.«

Wir standen vor dem Gemälde und betrachteten es. Der Herr arbeitete an seiner Staffelei, Palette und Pinsel in der

Hand. Aber seine Augen waren auf uns gerichtet, nachdenklich und freundlich.

»Wenn Ihr mir helfen wollt …«, sagte der König.

Ich tauchte den Pinsel in die zinnoberrote Farbe und legte ihn in seine Hand. Dann führte ich sie. Meine braune hielt die weiße königliche Hand und zusammen malten wir das Kreuz des heiligen Jakob auf die Brust des Herrn.

Es war vollendet.

Ich freute mich, dass ich ihm diesen kleinen letzten Dienst hatte erweisen können.

Von den folgenden Tagen habe ich nicht viel in Erinnerung behalten, außer dass Lolis und ich unseren Freunden Auf Wiedersehen sagten, auch der kleinen Enkelin des Herrn, die mich so sehr an Paquita in diesem Alter erinnerte, und Juan Bautista. Zum letzten Mal gingen wir die Jerónimas-Straße hinab und über die Plaza Mayor. Ich blickte zurück auf das, was mein Zuhause gewesen war.

»Zuhause war für mich, wo er war«, murmelte ich.

Lolis nahm meine Hand.

»Zuhause ist nun, wo ich bin, mein Mann«, sagte sie.

Fünfzehntes Kapitel, in dem ich ein neues Zuhause finde

Sevilla hieß uns willkommen. Das goldene Minarett der Giralda erhob sich in den klaren, blauen Himmel. Die engen Straßen waren voller Leben. Das Geschrei in weich verschliffenem Spanisch und viel Arabisch war auf allen Plätzen zu hören. Und der Guadalquivir strömte schnell zwischen seinen Ufern dahin. In ihm spiegelten sich Orangen- und Olivenbäume, die weißen Häuser Sevillas und die dunklen, stolzen, schlanken und anmutigen Gestalten der südlichen Bevölkerung. In der Kathedrale blickten die teuren Heiligen, die ich in meiner Jugend so geliebt hatte, immer noch zärtlich auf mich herab.

Ich kniete und betete und atmete wieder den Weihrauch meiner Kindheit.

Lolis und ich waren in ein Gasthaus beim Hafen gegangen, von dem ich in den Tagen gehört hatte, als Don Basilio dort in seinen Warenlagern gearbeitet und ich Botengänge für Doña Emilia gemacht hatte. Ich spazierte umher, bedauerte einige Veränderungen und freute mich, dass doch so viel unverändert geblieben war. Es ist schön, wenn man im Leben an seine Anfänge zurückkehrt und gegen Ende auf den Beginn zurückblicken kann.

Ich hatte etwas Geld. Ich hatte einige Fertigkeiten. Ich

wusste, dass ich arbeiten und mir ein anständiges Auskommen als freier Mann verdienen konnte.

Aber bevor ich mich daranmachte, nach einem dauerhaften Heim Ausschau zu halten, besuchte ich Bartolomé Esteban Murillo.

Als ich anklopfte, öffnete er selbst die Tür. Er war der Gleiche geblieben – rundlich, dunkel und lächelnd, voller Wohlwollen und Freundlichkeit.

»Juan, mein Freund!« Er umarmte mich und zog mich ins Haus. Es war voller Lärm. Ein Kind weinte, andere schrien beim Spiel, ein Hund bellte aus purer Lebenslust und oben sang eine Frau.

Wir unterhielten uns ausgiebig in seinem Atelier, einem großen, nicht sehr ordentlichen Raum, in dem fünf oder sechs Lehrlinge damit beschäftigt waren, religiöse Werke von Meister Murillo zu kopieren.

Ich erzählte ihm vom Tod Paquitas und der Herrin. Ich berichtete von den letzten Tagen des Herrn und wie der König das Kreuz des heiligen Jakob auf die Brust seines Selbstporträts gemalt hatte.

»Und was willst du nun tun, mein Freund?«

»Ich hatte vor, mir ein Atelier zu suchen …«

»Hier hast du eins.«

»Ich würde gerne hier mit dir arbeiten wie in den alten Tagen, aber meine Frau …«

»Bring sie mit. Wir haben genug Platz. Du darfst nicht einsam sein in deinen ersten Wochen hier. Komm zu uns, Juan! Meine Kinder werden dir die Pinsel waschen! Und hier bei mir kannst du so viel malen, wie du willst, und in Sicherheit!«

Da wurde mir klar, dass ich ihm noch nicht erzählt hatte, dass ich frei war. Trotzdem hatte er mich aufgenommen und mir sein Heim und sein Atelier angeboten.

Ich verneigte mich und dankte ihm.

»Ich will gehen und Lolis holen«, sagte ich. Während ich zum Gasthaus ging, dachte ich über Bartolomés Großzügigkeit und offenherzige Kameradschaft nach. Eines Tages, dachte ich, wenn wir mit der Arbeit fertig sind und bei einem Glas Wein sitzen – eines Tages, wenn unsere Frauen in den oberen Räumen flüstern und die Kinder in den Schlaf wiegen –, würde ich sagen: »Bartolomé, Meister Velázquez hat mich freigelassen. Ich bin kein Sklave mehr.«

Und er würde entgegnen: »Und? Gut, mein Freund.«

Er würde sich für mich freuen. Und ich würde froh sein, dass es für ihn nie von Bedeutung gewesen war, denn seine Freundschaft kam von Herzen.

Nachwort

Wenn man eine Geschichte von Menschen erzählt, die wirklich gelebt haben, muss man viele erfundene Ereignisse, Charaktere und Vorfälle auf dem dünnen Faden der Wahrheit auffädeln, der uns überliefert ist. Die Lebensfäden von Velázquez und Pareja können wir nur schwach und bruchstückhaft wahrnehmen; sehr wenig Gesichertes ist über sie bekannt.

Velázquez war außergewöhnlich schweigsam – sogar für einen Maler – und Angehörige dieser Berufsgruppe zeichnen sich üblicherweise nicht dadurch aus, dass sie sehr viel schreiben und uns so Dokumente, Briefe oder Tagebücher hinterlassen. Soweit wir wissen, ist nur ein einziges wörtliches Zitat von seinen Lippen belegt, ein Satz, der durchaus charakteristisch für ihn ist, wird er doch heutzutage als Vorläufer sowohl einer realistischen als auch einer impressionistischen Schule gesehen: »Ich möchte lieber als der Erste gelten, der etwas Hässliches malt, denn als Zweiter, der die Schönheit malt.« Tatsächlich ist es das Fehlen von »Verschönerung«, das seine Werke heute so ansprechend, so ausdrucksstark macht. Velázquez war ein Mann, der die Wahrheit liebte, sie malen wollte und sich nicht einbildete, dass er sie verbessern könnte.

Man weiß, dass Velázquez Juan de Pareja von Verwandten in Sevilla erbte. Man weiß, dass er ihm die Freiheit gab und dass dies tatsächlich so geschah, wie meine Geschichte es darstellt. Man weiß auch, dass das großartige Porträt Parejas von Velázquez in Italien angefertigt wurde, und zwar ungefähr zu der Zeit, als er Papst Innozenz X. malte.

Kommentatoren behaupten, dass Velázquez selbst Pareja mit seinem eigenen Porträt herumgeschickt habe, um Aufträge in Italien zu erhalten. Aber angesichts der Zuneigung, die diese beiden Männer ihr ganzes Leben lang verband, stelle ich mir lieber vor, dass Pareja seinem Herrn diesen Dienst erwies, ohne dass dieser davon wusste. Parejas Porträt zeigt einen intelligenten, treuen, stolzen und zart fühlenden Mann. Das einzige Selbstporträt, das wir von Velázquez kennen (in *Las Meninas*), zeigt Distanz, Empfindsamkeit, Nüchternheit.

Die Biographien vieler Maler werden von den Fachleuten aus einem Studium ihrer Werke in Verbindung mit den bekannten Fakten konstruiert. Ich glaube daher, dass es der Autorin eines Romans gestattet ist, ihre eigenen Interpretationen von einigen Bildern vorzunehmen, die uns die Jahrhunderte erhalten haben – die einzigen »Konversationen«, die von Velázquez überliefert sind.

So habe ich mich entschieden anzunehmen, dass das liebliche Porträt mit dem Titel »Dame mit einem Fächer« in Wirklichkeit Francisca (Paquita), die Tochter von Velázquez, darstellt, die den Maler Juan Bautista del Mazo heiratete.

Und ich habe meine eigene Erklärung für die kleine rote

Blume geliefert, die – keiner weiß, warum – auf ihrem Rock unmittelbar unter der Falte ihres Mieders erscheint.

Es stimmt, dass es Sklaven in Spanien nicht erlaubt war, die Künste auszuüben. Und ich vermute, dass sich Pareja das Malen heimlich selbst beigebracht hat, denn es besteht kein Zweifel, dass er ein vorzüglicher Künstler wurde. Seine Bilder hängen in verschiedenen europäischen Museen.

Murillo arbeitete tatsächlich etwa drei Jahre lang bei Velázquez in dessen Atelier in Madrid. Ich gehe davon aus, dass er der zart fühlende, freundliche, fromme Mann war, den seine eigenen Bilder zu enthüllen scheinen.

Die Episode mit dem Besuch beim Schnitzer religiöser Motive basiert auf der in Spanien oft berichteten Legende vom »Cristo de Limpias«, einem sehr schönen Kruzifix, auf dem der sterbende Christus am Kreuz dargestellt ist. Es wird behauptet, dass ein Verbrecher mit dessen eigener Zustimmung gekreuzigt wurde, um dem Bildhauer ein Modell im Augenblick der Todesqual zu liefern.

Velázquez wurde 1658 von König Philip IV. in den Ritterstand erhoben. Es steht jedoch fest, dass das Kreuz des heiligen Jakob auf der Brust des Selbstporträts des Künstlers (in *Las Meninas*) von fremder Hand nach dem Tode des Malers hinzugefügt wurde – von welcher, berichtet die Geschichte nicht. Ich möchte mir vorstellen, dass es die Hand des Königs war, geführt von der des Juan de Pareja.

Tatsachen, von denen ich überzeugt bin, sind das Band von tiefem Respekt und Zuneigung, das Velázquez an seinen Herrscher knüpfte und, nicht weniger stark, an seinen Sklaven, den er freisprach und zu seinem Gehilfen ernannte.

Ich hoffe, dass meiner Geschichte von Juan de Pareja die Freiheiten, die ich mir mit bekannten Tatsachen und Geschehnissen genommen habe, sowie die erfundenen Episoden vergeben werden. Sie wird hoffentlich Jugendliche der weißen wie auch der schwarzen Rasse ansprechen, denn die Geschichte von Juan de Pareja und Velázquez nimmt in der Lebenszeit der beiden Männer vorweg, was wir heute millionenfach erreichen wollen. Diese beiden, die in der Jugend Herr und Sklave waren, lebten in reiferem Alter als Gefährten und endeten als Gleiche und als Freunde.